Rake's Progress
by M. C. Beaton

メイフェアの不《ふ》埒《らち》な紳士
あるいは夢見ぬ令嬢の結婚騒動

M・C・ビートン
桐谷知未・訳

ラズベリーブックス

メイフェアの不埒《ふらち》な紳士　あるいは夢見ぬ令嬢の結婚騒動

アイタ・アリ、
マリア・ブラウン、そして
ジェーン・ウィバーリーに

主な登場人物

ガイ・カールトン……………………貴族。
エスター・ジョーンズ………………資産家。
トミー・ロジャー……………………ガイの親友。
ピーター・ジョーンズ………………エスターの弟。
エイミー・ジョーンズ………………エスターの妹。
ルース・フィップス…………………ガイの従姉。
マニュエル……………………………ガイの従者。

ジョン・レインバード………………執事。
ミドルトン夫人………………………家政婦。
アンガス・マグレガー………………料理人。
ジョゼフ………………………………従僕。
ジェニー………………………………部屋係《チェインバーメイド》。
アリス…………………………………家事係《ハウスメイド》。
リジー…………………………………皿洗い係《スカラリーメイド》。
デイヴ…………………………………厨房助手。
ルーク…………………………………ジョゼフの友人。

1

先日あなたに哀れみを乞うたとき、
どうしてわたしの願いに耳を貸してもくれなかったのか？
愛を隠すのは正しいことかもしれない、
けれど――なぜわたしを階段から蹴り落としたのか？

――アイザック・ビッカースタフ

ロンドンのメイフェア、クラージズ通り六七番地にある細長い街屋敷は、呪われているとうわささされ、不運の烙印《らくいん》を押されていたものの、一八一〇年春には、まるで呪いが解けて、悪運の流れが変わったかのように見えた。

持ち主のペラム公爵は、屋敷の存在にほとんど気づいていなかった。ほかにもたくさんの領地と屋敷を所有していたからだ。屋敷を貸したり使用人を雇ったりするのは、公爵の代理人ジョナス・パーマーの仕事だった。詐欺師で威張り屋で嘘《うそ》つきのこの男は、使用人たちにはわずかな賃金しか払わず、主人には高い賃金を請求して、差額を自分の上着のポケットにすべりこませていた。

使用人たちは、不当に悪い評判を立てられたせいで、または仲間たちに対する忠誠の気持ちから屋敷を離れられず、シーズンのたびに新しい借り手が現れるよう祈り続けていた。借り手がいればパーティーや集会や夕食会があり、そういう行事があればおいしい食べ物や心付けがたっぷり手に入る。使用人たちは全員、心付けを貯金箱に入れて、じゅうぶんに貯《た》まったら宿屋を買ってあくどいパーマーから自由になるつもりだった。

苦しい生活とパーマーに対する怒りが、彼らを奇妙な家族のように一致団結させていた。家長は執事のレインバードだった。次に位置するのは家政婦のミドルトン夫人と料理人のアンガス・マグレガー、その次が見栄《みえ》っぱりな従僕のジョゼフだ。それから、部屋係《チェインバーメイド》のジェニー、家事係《ハウスメイド》のアリス、皿洗い係《スカラリーメイド》の小さなリジーがいた。厨房《ちゅうぼう》助手のデイヴは、煙突掃除助手として惨《みじ》めな生活を送っていたところを、レインバードに救われたのだった。

その明るく晴れ渡った春の日、玄関広間に全員が集まり、女たちは糊《のり》のきいた服をパリパリいわせ、男たちはいちばん上等なお仕着せに身を包んでいた。新しい借り手、しかもどうやら気前がよいこと間違いなしの借り手の到着を待っているところだ。

名前はガイ・カールトン卿、クラムワース侯爵の次男だった。しばらくのあいだナポレオンとの戦争で戦い、傷病兵として送還された。パーマーが不機嫌そうに伝えたところでは、ガイ卿は大いに浮かれ騒ぐつもりらしく、どしどしパーティーを開く予定だと手紙に書かれていたそうだ。

使用人たちの前向きな気持ちが屋敷に伝わり、幽霊たちが追い払われたかのようだった。第九代ペラム公爵は、ここで首つり自殺した。ある借り手の娘を殺した犯人は、のちに屋敷の階段から落ちて死んだ。しかし、縦長の黒い街屋敷は今、さっぱりと真新しく見えた。外の石段に鎖でつながれた二頭の鉄製の犬たちさえ、デイヴがせっせと磨いたおかげで、金属製の脇腹を陽光に輝かせていた。

各部屋は春の花で飾られ、蜜蠟《みつろう》とラベンダーの心地よい香りに包まれていた。

一シーズンだけとはいえ主人となる人を迎えるため、玄関広間に集まった使用人たちは、上流社会のどんな地位区分よりずっときびしい使用人の階級制度をしばらく忘れて、気軽におしゃべりした。ガイ卿が到着したらすぐに、序列のなかでの地位を思い出すだろう。

困窮のすえ亡くなった副牧師の娘、ミドルトン夫人——〝夫人〟というのは名目上の敬称で、実際には未婚——は、いちばん上等な黒い絹のドレスを、そわそわと指で撫《な》でつけた。

「本当に、ガイ卿はどんなかたかしらね」家政婦が、もう百回めくらいになる言葉を口にした。

「独身だが、それなりに落ち着いているはずだよ」執事のレインバードは、喜劇役者のような顔に備わった輝く灰色の目をあちこちに走らせて、すべてが整っていることを確認しながら言った。「貴族年鑑で調べたんだ。三十五歳で、若気の至りで放蕩《ほうとう》する年齢はとっくに過ぎている」

「ハンサムなかたかしら」アリスが夢見るように言った。ハウスメイドのアリスは、けだるそうにゆっくり動く、ブロンドのきれいな娘だった。

「自分の使用人なんて、連れてこないほうがいいと思うけれどね」従僕のジョゼフが、いつもの気取ったわざとらしい口調で言った。「ぼくの意見を言わせてもらうなら、よその使用人は厄介ごとを起こすに決まってるんだから」

「誰もおまえの意見などきいていないよ、澄まし屋め」レインバードはぴしゃりと言った。執事は二年前、しばらく屋敷に滞在していた侍女にかなわぬ恋をして、まだ立ち直っていないのだった。

ジョゼフは悪びれもせず、ビロードの袖から糸くずを取って続けた。「それに、なにも全員で待ち構えるほどのことではないと思うよ」出迎えの列の端に並ぼうとするリジーとデイヴに、蔑《さげす》むような視線を向ける。

「おまえにはうんざりするよ、軟弱男」スコットランド出身の短気な料理人アンガス・マグレガーがうなり声で言った。「リジーは、おまえの紳士っぷりには釣り合わないほどの淑女だよ」

スカラリーメイドのリジーは悲しそうな顔をした。初めて屋敷に来た日からこの従僕に思いを寄せていて、今も愛していたが、欠点が目に入らないわけではなかった。

「もしかすると、その使用人、すごい暴れん坊の兵隊かもしれないね」デイヴが楽しそうに言った。「従僕にけんかをふっかけたがったりしてさ」

「やめてよ」リジーが悲しげに言った。「冬じゅう、めったにけんかなんてしなかったじゃない。今始めることないでしょう」

「ばかね、リジー」黒髪のはしこいチェインバーメイド、ジェニーが言った。「みんなそのくらいわくわくしてるってだけよ。この冬は初めて、食べ物も暖炉の石炭もじゅうぶんにあるなかで過ごせたんだもの。きっとすてきなシーズンになるはずよ。で、今度はなんなの、リジー?」小さなスカラリーメイドの目が暗くかげるのを見て、不機嫌そうに尋ねる。「また何か予感がするんじゃないでしょうね」

「なんとなく思うだけよ」リジーが慎重に言った。「青年時代をずっと戦って過ごした男性は、静かな生活なんて送りたがらないんじゃないかって」

「その子に読み書きなんて教えるべきではなかったんだよ」ジョゼフがあざけった。

「教育とは、頭をこんがらからせるものなのさ」一度はやめたはずの悪い癖が出て、最近またリジーをいじめるようになっていた。

「ああ、そうかい」アンガス・マグレガーが言った。「ここでいちばん頭がこんがらかってるのはおまえだ。ろくに本も読めないんだからな」

「しっ！」レインバードは言った。「馬車が近づいてくる音がする」

全員が一列に並んだ。

レインバードはさっと扉をあけた。しかし、馬車は走り去った。

「まだか」執事はがっかりして言った。「ご主人さまは、どうしてこんなに遅いんだろう！」

「そろそろ出発したほうがいいな」ガイ・カールトン卿は名残惜しそうに言って、空《から》のグラスを置いた。友人のトミー・ロジャー氏――あだ名は〝ご機嫌ロジャー〟――とともに、途中の店で軽食を取っているところだった。

「急ぐことないさ」ロジャー氏が言った。「もう一本飲もう。ぴんぴんしてるように見えるよ、ガイ。連隊長が今のきみを見たら、次の船に乗せて部隊に戻すだろうな」

「準備ができたら戻るさ」ガイ卿はだるそうに言った。「よし、もう一本飲むぞ。あの熱病は、長い年月でぼくたちに起こった最高のできごとだったな。きみはどうかわからないが、ぼくはおかげで腹が決まった」

「きみは絶対に戦場を離れないのかと思ってたよ、百戦錬磨のつわものめ」ロジャー氏が親しみをこめて言った。「ボニー（ナポレオンの蔑称）の最期《さいご》を見届けるまで戦い続けると誓ったんだものな。こんなに長いあいだどうやって持ちこたえてきたのか、ぼくにはわからないよ」

「ぼくにだってわからないさ」ガイ卿はにこやかに応じた。きれいな給仕係のメイドをつかまえて膝にのせ、唇にキスしてから、最高級のワインをもう一本持ってくるように頼む。メイドがくすくす笑いながら立ち去った。

「給仕係のために精力をむだにするなよ」ロジャー氏が言った。「ぼくは、ロンドン一の高級娼婦《しょうふ》にもてなしてもらうつもりなんだ」

「ひとりだけかい？」ガイ卿はからかった。「ぼくは十人単位でお願いするつもりさ」

ほぼ同い年の男ふたりは、奇妙な対照をなしていた。ロジャー氏はずんぐりしていて、肌は浅黒く、黒い髪は針金のように硬かった。緋色《ひいろ》の軍服を着たままで、ひどいがに股だったので、馬に乗っていないと、まるで船から降りてふらふら歩いている水兵のようにぎこちなく見えた。

ガイ卿は背が高く痩《や》せていて、髪はブロンドだった。鼻が高く、整った顔は少し日焼けして、伏せたまぶたの下の輝く青い目には、いつもの気まぐれなまなざしが浮かんでいる。

組紐《くみひも》ボタンのついた青いモーニングコートと、革の膝丈ズボン、トップブーツという平服姿だった。クラヴァットは複雑な形に結ばれ、しっかり糊をきかせてあった。こういう借り物めいた優雅さとは対照的に、ベストには金色と緋色の極楽鳥《ごくらくちょう》が派手派手しく刺繡《ししゅう》されている。二本めのワインの口をあけるとき、友人同士のあいだに心地よい沈黙が流れた。

ふたりはクロイドンの宿屋の庭に座っていた。芝生のあちこちからクロッカスが顔をのぞかせ、まだ葉のない木々の枝が薄青色の空に向かって伸びている。

頭上を大きなむっくりした雲が通り過ぎると、ガイ卿は、自分を故郷に連れ戻した船を思い出した。故郷！　なんて奇妙に聞こえる言葉だろう。故郷とは、数カ月間ロンドンで借りる屋敷のことだ。シーズンが終わったらすぐに前線に戻れ、と良心が命じた。

とどまることもできたのだ。ひどい熱病はほどなく治まったが、体は衰弱して疲れが残った。帰りの船旅は穏やかで、よく休めた。健康状態は、ほとんどすぐさま回復した。

しかし今のところ、戦争と流血にはうんざりだった。街の極上の女たちに囲まれて、独身の男が楽しめるあらゆるばかげた戯《たわむ》れに興じたかった。戦場に戻るそのときまでは、まじめなことは一切考えないつもりだった。

結婚する予定はない。女たちは上等なワインと同じく味わわれ丁重に扱われるべきであり、ワインと同じく期待をあおる魅惑的な多様性があるのだ。

さらにもう一本あけて一時間が過ぎると、ロジャー氏がぼんやりと、太陽が沈んで冷えてきたと言った。

「ぼくらのために借りた屋敷は」ガイ卿は立ち上がりながら言った。「呪われてると誰かが言ってたよ」

「そいつはきっと賭博好きだな」ロジャー氏は言って訳知り顔でうなずき、首の動きが止まらなくなったので自分でも驚いた。「やつらは迷信ぶ……迷信ぶく……」

「迷信深い、だろ」ガイ卿はにやりとして言った。「酔っぱらってるな、トミー」

「まさか！　最高の気分さ」

「ぼくの従者、マニュエルはどこへ消えた？」

「驚くまでもないね。いつだって、こそこそうろつき回ってるんだ。いけ好かないやつだよ」


クラージズ通り六七番地に夜がやってきた。灯油ランプとろうそくがともされた。ミドルトン夫人は待ちくたびれて、玄関広間の椅子に座ったまま眠っていた。糊の利いた大きなフリルつきの帽子が、休憩中でさえいつもおびえて心配そうに見える顔に影を落とした。ジョゼフは爪を磨いていた。屋敷のなかで警戒を怠っていないのは厨房の猫、風来坊《ムーチャー》だけで、何かを待ち受けるような滑稽《こっけい》な姿勢で玄関扉の前に座っていた。

「わたしは階下《した》に行くよ」アンガス・マグレガーが疲れた様子でぶつぶつと言った。「ご主人さまはまだ到着しそうにないしな」白い縁なし帽を脱いで燃えるように赤い髪を見せ、帽子のなかを探って葉巻の吸いさしを取り出してから、ろうそくで火をつける。

「だったら、そのひどいにおいがするものを持っていってくれ、アンガス」レインバードは腹立たしげに言った。「ジェニーが各部屋に薔薇水《しょうびすい》をまいてくれたのに、おまえが屋敷を臭くしてどうするんだ？」

「誰か来ます」リジーが言った。

「きょうはもう百回も扉をあけたよ」レインバードは言った。「夜会から戻ってきたどこかの馬車だろう」

マグレガーが裏階段を下りようとしたところで、ドンドンと威勢よく玄関扉をたたく音がした。ロンドンにおけるノックは、太鼓たたきと同じく、ひとつの技術だ。繰り出されるノックの数と激しさとリズムによって、訪問者の重要性が示される。このドンドンというノックは、王室の従僕にも負けない活力と意気のこもった音を立てていた。

マグレガーは葉巻を帽子のなかに投げ入れ、頭に押しつけた。ミドルトン夫人は、びくりと目を覚ました。レインバードはベストを引っぱって整えてから、扉へと進み出た。使用人たちはその後ろに一列に並んだ。

レインバードはさっと扉をあけた。痩せた横柄な態度の従者が、蔑むように執事を見た。「ずいぶんのんびりしてるな、おい？」絶妙な尊大さをこめて言う。従者が脇へ寄ると、紳士ふたりが石段をのぼってきた。

「うん、悪くない」ガイ卿は言って、トミー・ロジャー氏とともに玄関広間にぶらぶらと入っていった。「なかなかいいじゃないか」片方のよこしまな青い目を、くるりとアリスのほうに向ける。

レインバードは使用人たちを紹介し始めた。火のついた葉巻の煙が、料理人の帽子の下から輪を描いて立ちのぼった。レインバードは、どうにか火を消そうと、主人が目をそらしている隙にマグレガーの頭をたたいた。女性たちのところまで進むと、ガイ卿がミドルトン夫人に愛想よく微笑《ほほえ》み、ジェニーに向かってにっこりし、リジーにウインクして、アリスの腰に手を回して引き寄せ、唇にまともに、撫でつけるようなけだるいキスをした。

アリスがぼうっとした顔で、ガイ卿を見上げた。

「ご主人さま」レインバードは制止する口調で言った。「お部屋をご覧になりたいかと存じます」

ミドルトン夫人が、ぽかんと口をあけて突っ立っているアリスの手をしっかりつかみ、階下へ導きながら、ほかの女たちについてくるよう合図した。

「風呂に湯を入れてくれないか?」ガイ卿が言った。「レインバード、っていったかな。こっちはぼくの従者、マニュエルだ。面倒を見てやってくれ。優秀な男だよ」

ドタッという大きな音がした。トミー・ロジャー氏が、タイル張りの床に倒れていびきをかき始めた。

「それと、ブラックコーヒーだ」ガイ卿が言った。「ロンドンの初日をひとりで祝うつもりはないからな。風呂を用意したあと、ロジャーさんの酔いを覚ましてやってくれ」

「かしこまりました」レインバードは無表情に応じた。

「それから、あのブロンド美人に、ぼくの背中を流すよう言ってくれ」

「はい、ご主人さま」レインバードは調子を合わせて答えた。ガイ卿は友人と同じくらい酔っぱらっていて、風呂のなかで眠ってしまうに違いない。執事は先に立って階段をのぼった。

屋敷の一階は表と奥の居間、二階は食堂と寝室から成っていた。三階にはふた部屋の寝室があり、その上は屋根裏部屋だった。

日ごろからポンプの水で体を洗っている小さなリジーを除いて、使用人たちは入浴を有害な習慣と考えて嫌っていた。入浴が健康に悪いことは誰でも知っている。なので、主人の風呂を用意するのには少し時間がかかった。地下室にしまわれた浴槽には、薪《まき》が詰めこんであったからだ。

ようやく、ジョゼフとレインバードが棺桶《かんおけ》のような形のそれを運び出した。レインバードは、アンガスとデイヴに湯の入ったバケツを運ぶように命じた。見るからに放蕩者のガイ卿とは、どのメイドもふたりきりにさせたくなかったからだ。

そのあいだに、ガイ卿はシャンパンを一本飲み干していた。おかげで青い目のよこしまな輝きはさらに強まり、ますます元気いっぱいに見えた。

ガイ卿は、スペイン人の従者マニュエルに手伝わせて服を脱ぎ、湯船に浸かった。「おい、マニュエル」と声をかける。「あのきれいな娘《こ》を連れてこい」

マニュエルは〝きれいな娘〟がアリスを指すとすぐにわかって、お辞儀をした。階段を下りて使用人部屋に入ると、使用人たちはみんな、新しい借り手についてあれこれ話すのに忙しくしていた。声が静まり、沈黙のなかで全員の目が主人の従者に集まった。マニュエルは身長が低く、ピンク色の絹の組紐で飾られた黒いビロードのお仕着せを着ていた。髪は光沢のある革のように黒くなめらかで、肌は黄褐色だった。澄んだ黒い目は無表情で、鼻は小さく細く、少し突き出た歯と小さな口が兎《うさぎ》を思わせる。

マニュエルがアリスを手招きした。「ご主人さまがお呼びだ」

アリスが顔を赤らめて、一歩進み出た。

「だめだ」レインバードは言った。「ご主人さまが何かご所望なら、わたしが持っていく。あるいはこちらのジョゼフが」

スペイン人の従者が肩をすくめた。それからアリスに歩み寄り、その手をつかんで、部屋から引きずり出そうとした。レインバードは突進してアリスの体を引き戻し、マニュエルをぐいと押しやった。従者の体が吹っ飛んだ。

マニュエルがポケットを探って、長いスティレットナイフを出し、レインバードの喉もとに突きつけた。「おまえ」執事の肩越しに、アリスに向かって言う。「階上《うえ》に行かないと、こいつの喉をかき切るぞ」

使用人たちのあいだに、張りつめた沈黙が降りた。

次にアンガス・マグレガーが、袖をまくって毛深い腕をレインバードの体に回してから、従者のクラヴァットをつかんだ。マニュエルはレインバードをナイフで刺そうとしたが、チェインバーメイドのジェニーに丈夫な歯で手首に嚙《か》みつかれて、ガチャンとナイフを落とした。マグレガーが従者をつかまえて、激しく揺さぶり始めると、マニュエルは手負いの動物のように恐怖の悲鳴をあげた。

「いったい何ごとだ?」戸口から冷ややかな声が尋ねた。

女たちはマニュエルと同じくらい甲高い声で叫び始め、両手で目を覆ったが、ミドルトン夫人は指のあいだからのぞき見していた。これまで見たことがないし、もう二度と見そうにない光景だった。

ガイ卿が、全裸で水をポタポタ垂らしながら、そこに立っていた。

「おい、ぼくの従者に何をしてる?」と尋ねる。

「アリスを階上に引きずっていこうとしたんです」レインバードは答えた。「そしてナイフを抜きました」

「おや」ガイ卿が淡々と言った。「ぼくの背中を流したくないのかい、アリス?」

「はい」アリスがもごもごと答えた。

ガイ卿がむき出しの肩をすくめた。「そうか、ならしかたない」快活に言う。「マニュエル、来い。二度とそのナイフを使うんじゃないぞ。ああ、レインバード、そのコーヒーをロジャーさんの喉に流しこんでやってくれ。まだ宵《よい》の口だし、これから愉快に過ごすつもりだからね」

ガイ卿が、魅力的な筋肉質のお尻をまごつく使用人たちに堂々と見せながら、スペイン生まれの影を従えてぶらぶらと出ていった。

「いやはや、まったく」レインバードは嘆いた。「どんなシーズンになることやら。ジョゼフ、いっしょに来て、ロジャーさまの介抱を手伝ってくれ。アンガス、コーヒーをたっぷり運ぶんだ」

使用人たちはロジャー氏を一時間ほど少しずつ歩かせたり、ときどき熱いブラックコーヒーを喉に流しこんでやったりしたあと、どうにか上階の寝室まで連れていった。ガイ卿は食堂の奥の大きな寝室に落ち着いたので、ロジャー氏はさらに上階の表の寝室をあてがわれた。

レインバードはジョゼフに、ロジャー氏のブーツを脱がせるよう合図した。

「何をしてる？」ロジャー氏が荒々しい口調で尋ねた。

「着替えをお手伝いします」レインバードは説明した。

「着替えは必要ない。服は着てる。ああ、頭が痛い」ロジャー氏がよろよろと部屋を横切り、暖炉に吐いた。ジョゼフは真っ青になって、むかつく胃を押さえた。

「準備はできたか、〝ご機嫌ロジャー〟？」ガイ卿の快活な声が聞こえた。

ロジャー氏は驚くほど元気を回復した。「今行く」大声で答える。

「すっきりしたか？」ガイ卿が呼びかけた。

「ずいぶんな。暖炉に吐いたところだ」

「そいつはいい。行くぞ」

レインバードとジョゼフは無言で、ロジャー氏のあとについて部屋を出た。二階の踊り場で、ガイ卿が、端整な顔に楽しそうな笑みを浮かべて待っていた。夜会服――黒い上着、淡黄褐色の絹の膝丈ズボン、黒エナメルの靴――を一分の隙もなく着こなし、平たい二角帽を小脇に抱えている。

ガイ卿が片眼鏡《かためがね》を持ち上げて、ロジャー氏をしげしげと眺めた。「おやまあ。ぼろぼろの連隊がお出ましだ」

「あとでお食事をなさいますか、ご主人さま？」レインバードは尋ねた。

「どこか外で食べるつもりだよ」ガイ卿が答えた。

そしてロジャー氏と腕を組み、ふたりは階段を下りて、玄関から通りへ出ていった。

ジェニーはアリスに手伝ってもらい、脱ぎ捨てられた服や濡れたタオル、空のグラスなどで取り散らかったガイ卿の寝室を、一時間かけて掃除した。そのあいだ、レインバードとジョゼフはバケツの湯を流し、浴槽を階下に運んだ。レインバードは暗い声で、湯が浴槽に張ったときと同じくらいきれいだということは、主人は異常な風呂好きに違いないと言った。

「新聞によると、イギリス軍の総司令官は毎朝、水風呂に入るそうだ」執事は言った。

ジョゼフが驚いて叫んだ。「ええっ！　この浴槽を毎日二階まで運ぶの！」

「もしかすると、ご主人はハマームに行くかもしれない」レインバードは言った。ジャーミン通りに並ぶ公衆浴場のことだ。

「風呂に落っこちておぼれちまえばいいのに」ジョゼフが不機嫌に言った。「あの従者はどこに行ったんです？　あいつだって少しくらい掃除すべきなのに」

「ご主人さまといっしょに出かけた」

「いなくなってせいせいするけどね」

そのころ、友人ふたりはマニュエルをお供に、ジャーミン通りの賭博場からピカデリーのロイヤルサルーンまで、ロンドンのあらゆる有名な施設で飲み騒ぎ、女を買おうとしていた。どちらかが特にきれいな高級娼婦に目を留めるたび、名刺を手渡して、もったいぶった調子で、あすの晩に催されるクラージズ通り六七番地でのパーティーに招待した。いくつかの商品を試したあと、ふたりは腰を落ち着けて深酒と賭博の夜を過ごし、最後にバークリースクエアをよろよろと歩いていると、ひんやりしたロンドンの空に赤い太陽が昇ってきた。このところ、また寒くなっていた。

ロジャー氏はバークリースクエアのまんなかの芝生に倒れこみ、眠ってしまった。ガイ卿はへとへとだったので、肩越しにマニュエルを呼び、厩《うまや》まで戻ってロジャー氏を連れ帰るための馬車を取ってくるよう命じた。

ガイ卿が広場の西側に並ぶ家々の前をのんびり歩いていると、あいている戸口から、屋敷内の階段のてっぺんに貴婦人が立っているのが見えた。

部屋着姿だ。波打つナイトガウンと、きれいなネグリジェ。つややかな赤い髪が肩に掛かっている。女性が立っている踊り場にはテーブルがあり、そこに置かれた灯油ランプが穏やかな顔と豊満なすばらしい体を照らしていた。扉をあけたまま空気を吸いに外へ出た執事は、広場の反対側にいて、ガイ卿には気づかなかった。

ガイ卿はまっすぐ屋敷のなかへ入っていき、階段をのぼった。「お嬢さん、あなたは」畏敬《いけい》の念をこめた声で言う。「この世の何よりも美しいかただ」

ぼんやりと気づいたのは、女性の目が、青と緑と金色の入り混じった不思議な色合いをしていることだった。こんな目は一度も見たことがなかった。すっかり酔っぱらって、夢の世界を歩いていたガイ卿は、両腕を広げ、女神に向かって進んだ。

女性はひとことも口にしなかった。ビーズの上靴をはいた足を、美しい弧を描いて振り上げ、力いっぱい蹴りつける。それはガイ卿の腹部にまともに当たった。ガイ卿は後ろに倒れ、階段を転げ落ちた。

ひどく酔っぱらって全身の筋肉がゆるんでいたので、階段の下に座りこんだとき、どこにも怪我《けが》はなかった。

遠くから、呼び鈴が鳴り、人々が走ってくる足音が聞こえた。屋敷の使用人たちにつまみ出される前に、玄関広間の姿見に映った自分の姿がちらりと見えた。

最初ガイ卿は、こちらを見つめ返しているむさ苦しい酔っぱらいが誰だかわからなかった。気づいたとき、あまりにも大きな衝撃を受けたので、使用人たちに通りへ放り出されても、ひとことも文句を言わなかった。

ガイ卿はふらつきながらクラージズ通り六七番地に戻り、服も脱がずに頭からベッドに倒れこんだ。

ロジャー氏が馬車で戻ったらしき音が聞こえたので、レインバードはジョゼフを起こし、手助けが必要か見にいったほうがいいだろうと疲れた声で言った。どちらも主人たちの顔を今すぐ見たいとは思わず、ゆっくり着替えた。ロジャー氏の部屋をのぞくと、本人はすでにマニュエルに服を脱がせてもらったらしく、ぐっすり眠っていた。

レインバードとジョゼフは二階に下り、ガイ卿の部屋に入ろうとして、戸口ではたと立ち止まった。扉があいていたので、マニュエルはふたりが来たことに気づいていなかった。従者はベッドの脇に立ち、主人を見下ろしていた。その顔は、憎しみでゆがんでいた。

「手伝おうか？」レインバードはきいた。

マニュエルの顔がふたたび、落ち着いた横柄な表情に戻った。

「いや、けっこう」尊大な口調で答える。「扉を閉めてってくれ」

2

あなたを愛したときは当然のごとく
すばらしい瞬間がいくつもあった。
けれど今あなたに感じる軽蔑には
さらに大きな愉悦がある。

つまりそばにいても離れていても、
なんらかの魔法があなたを待ち受けているらしい。
愛するだけでじゅうぶんに楽しかったが、
ああ！　あなたを憎むとはなんと心地のよいことか！

――トマス・ムーア

典型的な春の日だった。つまり、シベリアからはるばるやってきた風が建物に吹きつけ、すすでよごれた雪が地面を覆い始めていた。

バークリースクエア一二〇番地に住むエスター・ジョーンズ嬢は、窓の外を見て身震いした。あの子たちを散歩に連れていくには寒すぎる。

豊かな赤い髪にブラシをかけ、まるでドアノブのように硬く結って頭のてっぺんでまとめた。良識あるジョーンズ嬢によれば、こんな天候の日にモスリンや絹を着るのは愚か者だけだった。だから、地味な焦げ茶色の暖かい羊毛のドレスを着た。

ぼんやりと、あんなに平然とした態度で屋敷に入ってきたあの酔っぱらいは誰だったのだろう、と考えてから、その問題を頭から追い払った。ロンドンはろくでもない酔っぱらいであふれている。人は、そういう連中にどう対処すべきかをすばやく学ぶ。玄関扉をあけたままぶらりと出ていく不注意な執事に対しても。

着替え終わるまでには、ジョーンズ嬢は、本来の姿である大金持ちの貴婦人というより、家庭教師のように見えた。

身に起こったさまざまな事情から、かつての屈託のない少女は変わってしまった。紳士階級の郷士だった父のヒュー・ジョーンズは、田舎の領地で不名誉な人生を送り、近隣でありとあらゆる醜聞の種になったあと、脳卒中を起こしてこの世を去った。気の小さい病弱な妻は、それからたった一年しか生き延びられなかった。それでジョーンズ嬢は、若くして相続人となった。さらに、九歳の幼い双子の弟妹《きょうだい》、ピーターとエイミーの世話も任された。故ジョーンズ夫人は、思いがけないときにさらにふたりの子どもを授かったのだった。

エスター・ジョーンズは、自分が本当に大金持ちになったことを知った。父は株の投機で成功し、莫大《ばくだい》な財産を遺していた。

エスターは、田舎と田舎の人たちが大嫌いになっていた。田舎は無規律で無秩序で、木々や花々が雑然と生えているように思えた。そこでバークリースクエアに大邸宅を買い、荷物をまとめて、ロンドンへ引っ越した。双子の教育は、自分が引き受けた。エスターはまずは自分自身をしつけて、父から受け継いだ性格上の欠点を容赦《ようしゃ》なく根絶していた。ただし、それを欠点と呼べるかどうかはともかく、ひとつだけ例外があった。エスターは父から投機の才能を受け継いでいて、父が亡くなったあともそれを生かし、イギリスで屈指の裕福な女性になっていた。

社交界で友人をつくろうとしたり、貴族と結婚したいと願ったりはしなかったので、エスターを知る者はほとんどなく、誰も訪ねてこなかった。

屋敷には、豪華な家具が備えつけられていた。ペンブロークテーブルからサーベル脚の椅子まで、すべてがぴかぴかに磨かれていた。しかし、すべてが黒みがかっていて少し陰気だった。明るい色はよごれやすいので、カーテンやベッドカバーや絨毯《じゅうたん》はみんな実用的な臙脂色《えんじいろ》だった。

エスターは幼い弟妹だけでなく、使用人たちも教育していた。彼らは毎朝お祈りのために応接室に集まり、平日にはそれぞれ指定された時間に授業を受けることになっていた。男たちは読み書きと算数、女たちは細やかな裁縫と読みかた、家計簿のつけかたを教わった。

エスターはよい賃金を払っていたが、なぜか使用人たちは長続きしなかった。彼らが死ぬほど退屈して、もっと自由で気楽な家に雇われたがっていることには気づいていなかった。

少女のころは――もう二十六歳になったが――父の酔った姿を恥じて、ばつの悪い思いをしていた。だから今は来る日も来る日も、そういう日々が永久に終わり、まわりの誰もがまじめできちんとしていることを確かめようと懸命だった。

きょうは天気が悪くてよかった。陽が射していれば弟妹がどこかの公園に連れていってくれとせがむに決まっていたし、公園に行けば田舎を思い出すからだ。それに、公園では兵士たちが訓練を行っている。幼いピーターが制服や拳銃に興味を持ちすぎているのが心配だった。ピーターは、二十一歳になったら領地の実務を引き継げるように育てられていた。エスターは、すべての軍人を無骨な田舎者と考え嫌っていたが、そう考えるのはエスターだけではなかった。イギリスは昔から自国の軍隊が嫌いで、どうやらこの先もそうらしかった。かなり多くの居酒屋に、〝軍服お断り〟の標示が掲げてあった。

エスターはいつもどおり、お祈りをして、たっぷり昼食をとり、双子に聖書の一章を読んでやってから、授業のためにふたりを二階の勉強部屋へ連れていこうとした。

ちょうどそのとき、雪がやんで弱い陽射しが外の広場を照らしていることに、ピーターが気づいた。

「外に連れてってよ、エスター」ピーターがせがんだ。「ずっと家のなかばっかりじゃないか。もううんざりだよ」

「だめよ、すごく寒いわ」エスターは言った。「風邪を引くわよ」

「外の空気に当たらないと」エイミーがしかつめらしく言った。「わたしたちふたりとも、肺病になっちゃうかもしれないわ。ピーターなんて、すごく青白い顔してるもの」

エスターは苛立《いらだ》たしさに唇を噛んだ。エイミーが赤毛の頭を垂れて、じっと両手を見た。姉を巧みに操るわざを覚えつつあるようだ。

確かにピーターは青白い顔をしているわ、とエスターは気づいて、はっとした。弟の目の下には青いくまができていた。「いいでしょう」しぶしぶ応じる。「ジョンに付添いを頼んでちょうだい」ジョンとは、第一従僕のことだ。

双子は、着替えるために大急ぎで二階に駆け上がった。「顔の白粉《おしろい》をふいたほうがいいわよ、ピーター」エイミーが言った。「つけたままでいると、明るいところに出たとき、お姉さまに気づかれるわ」

「そうだね！」ピーターが言って、タオルで顔をこすり、白粉を落とした。「名案だったよ、エイミー」

エスターは、ハイドパークを抜けてケンジントン・ガーデンズを歩きながら、散歩に出かけることにしてよかったと認めた。雪は瞬く間に溶けていき、陽射しは暖かく、空気のなかに春の予感があった。石炭バケツのような帽子の下にまとめて押しこんだ髪が、重く不快に感じられた。若い令嬢ふたりとその母親が、馬車で通りかかった。令嬢たちは小さな麦わら帽子をかぶっていた。その下の髪は短く切られ、最新流行のスタイルに整えられている。

〝なんて垢抜《あかぬ》けているのかしら〟と昔のエスターがうらやましそうにつぶやいた。

〝くだらない〟と現在のきびしいエスターが自分に言い聞かせた。〝まわりの人たちに、あんなにじろじろ見られるなんて……。わたしはこれまでにも、下品な好奇心にいやというほどさらされてきたのよ〟

エスターは鉄のベンチに腰かけてスカートを整え、レティキュールから本を取り出した。椅子張り材料の端切れでつくった、大きな臙脂色のブロケードのレティキュールだ。どんなに裕福でも節約すべきだというのが、エスターの考えだった。禁欲は心を安らかにする。

「それじゃ、ご本を読んであげましょう」エスターは言った。ピーターが喉からうめき声によく似た音を発した。エスターは弟に鋭い目を向けたが、ピーターはえくぼを見せてにっこりと微笑み返した。

従僕はぶらぶらとその場を離れ、立ったまま軍隊を眺めていた。

エスターは咳払《せきばら》いをして、読み始めた。「これは、『学校』という題名の詩よ」ピーターは背筋を伸ばして座り、耳を傾けた。学校に行って、ほかの男の子たちと遊びたかった。

「高慢ちきな女の子がいた、
とてもおしゃべりで、とても大きな声で笑ったので、
遊びに来た子はみんな

いつもさっさと逃げていった。
腕輪と首飾りできらきら飾り、
服はいつでもとっても上等。
でも粗忽《そこつ》なせいでドレスはよごれていた、
すでに甘やかされてだめになっていたのだ。
母親が亡くなり、その子は学校へ行った、
そこでは規則を守って生活しなければならなかった。
就寝時刻の前によく、
不名誉な鈴付き帽をかぶらされたけれど」
ピーターの注意がそれ始めた。あたりを見回す。座っているベンチの後ろに、使用
人の少女が立って、エスターの朗読に耳を傾けていた。
「誤ったわがままが心をねじ曲げるとき、
学校の規律はそれを正すのに
最も効き目があることがわかる、

悪は怠慢から生じるのだ」

エスターは朗らかに尋ねた。「さて、どう思ったかしら？」

「女の子の話だよね」ピーターは言った。「とにかく、女の子は学校でいやな目に遭うんだ。男の子は平気さ」

「あなたはとても幸運な男の子なのよ」エスターはきびしく言った。「学校に行けば、すごく恐ろしいところだとわかるし、大きな田舎者の男の子たちにいじめられるわ。さあ、小さなヘンリーのお話を読んであげましょう。男の子の話よ」

エスターは大きなレティキュールを探り、あるロンドンの貴婦人が書いた『決して飽きのこない砂糖菓子、あるいはよい子のための楽しい物語』という題名の本を取り出して、読み始めた。

エスターにさえ、小さなヘンリーの物語はひどく憂鬱《ゆううつ》に思えてきた。ヘンリーは、いつでも自分の思いどおりにしようとする男の子だった。たとえば、怪我をするから階段を三段跳びで下りてはいけないと言われると、必ず腹を立てて、赤ん坊じゃないんだから自分の面倒くらい見られると答えるのだ。

ある日、叔母がヘンリーに七シリング硬貨をくれた。しかしヘンリーは、優しい両親に相談してお金をどう使えばいいか尋ねる代わりに、大量の火薬を買い、子ども部屋を爆発させて、片目を失い、小さな妹を死なせてしまうのだが、それ以降はとてもよい子になった。

「そりゃそうでしょうね」エイミーが言って、両手を口に当てて、くすくす笑いをこらえた。

「あの子が聞いてるよ」ピーターが、ベンチの後ろにいる使用人の少女を指さして言った。

少女は立ち去ろうとしたが、エスターは笑みを向けて言った。「こっちにいらっしゃい。聞きたければ、わたしが読むお話を聞いていいのよ」

「あたし、自分でも読めます」少女が誇らしげに言った。

「まあ、そう！　あなたのお名前は？」

「リジー・オブライエンと申します」

「どこで働いているの？」

「クラージズ通り六七番地です、お嬢さま。スカラリーメイドです」

「わたしはジョーンズ嬢……こちらは弟のピーター坊やと妹のエイミー嬢よ。読みかたを誰に習ったの、リジー？」

「うちの執事が、使用人部屋に学校を開いてくれたんです。でも、あたしたちを教わってるのはスコットランド人の料理人です」

「教えているのはね」エスターは指摘した。「すばらしいわ。わたしも使用人たちを教えているのだけど、誰もわたしの骨折りに感謝してくれないの。あなたのところの執事と話してみたいわ」

「レインバードさんです、お嬢さま」

エスターは名刺を取り出した。「時間があるときに訪ねてくれるよう、レインバードさんに伝えてもらえると助かるわ。わたしはたいてい家にいるから」

リジーはベンチの前のほうへ回り、名刺を受け取ってお辞儀をした。振り返って行こうとしてから、はっとして立ち止まる。

「どうしたの？」エスターはきいた。

「あっちにいる小さい男の人」リジーが答えた。「ついこのあいだうちに来た、外国人の使用人です」

エスターは公園の向こうを見た。ピンク色と黒のお仕着せを着た血色の悪い外国人風の使用人が、木の下に立って、手帳にせっせと何か書いていた。

「軍隊をじいっと見てるよ！」ピーターがぴょんぴょん跳ねながら言った。「フランスのスパイかも」

「あの人、スペイン人です」リジーが言った。

「それに」エスターは言った。「新聞を読むだけで、義勇兵の正確な人数はわかるわ」

「あいつはそれを思いつかなかったのかもしれないよ」ピーターが言った。

エスターはリジーに目を向けた。なんて清潔で感じのよい子かしら、と考える。

「さようなら、オブライエン嬢」

リジーは、丁重な挨拶を受けて髪の根元まで真っ赤になった。仲間の使用人たちでも、リジーの名字を憶《おぼ》えてさえいない人がほとんどなのに。

エスターは、リジーに会ったことでとても元気づけられた。クラージズ通り六七番地には、清潔さと教育への意欲がわが家と同じくらい強い屋敷がある。しかも、そのレインバードは、やる気のある生徒たちに囲まれているらしい。どうやってそれを実現したのか、エスターは知りたくてたまらなかった。

リジーは、すべての知らせをみんなに伝えようと、使用人部屋に駆けこんだ。レインバードは、バークリースクエアの貴婦人を訪問するという話に興味を持ったが、ほかの者たちはジョーンズ嬢を、詮索好きでおせっかいな改革家《リフォーマー》と考えたらしかった。リジーは自分の話の受け止められかたにがっかりして、マニュエルのことを伝えるのを忘れてしまった。

午後三時だった。ガイ卿とロジャー氏はまだ寝ていて、マニュエルは顔を出していなかった。そこへ、訪問者がやってきた。

外階段を下りるさらさらという絹のスカートの音、次に厨房の扉をたたく音がした。

「たぶん、リジーが会った改革家よ」ミドルトン夫人が言った。「誰もいないふりをしましょう」

「上で玄関扉をノックして、ご主人さまを起こしてくれればいいのに」レインバードは言って、扉のほうへ向かった。

戸口に、ものすごく太った小柄な女性が立っていた。茶色い絹のドレスの上に、オットセイの毛皮でできたコートをまとっている。顔は丸々として、目はほとんど脂肪のあいだに埋まっていた。

女性が執事を見て、目を輝かせた。「愛《いと》しいジョン」かわいらしい笑い声をあげて言う。「わたしがわからないの?」

レインバードの心臓がひっくり返った。この声、この笑いかたなら知っている。どちらもフェリースのものだ。心をずたずたにさせ、ブライトンへ去って結婚してしまった侍女。レインバードは必死にあたりを見回し、何かのいたずらかと疑い、この中年婦人のずんぐりした背中の後ろからフェリースが踊りながら出てくることを期待した。

「わたしよ、わたし《セモワ》! フェリースよ」

「どうぞ、フェリース」レインバードは応じて、一歩下がった。

ほかの者たちが叫んだり質問を浴びせたりするあいだ、レインバードはかつての想《おも》い人を密《ひそ》かに観察した。フェリースだとは信じられなかった。目を閉じて声を聞き、この小柄な太った女性が消え去って、代わりに本物のフェリースを残していってくれないかと願った。しかし目をあけると、その女性はまだそこにいて、笑ったり、ミドルトン夫人に毛皮のコートを自慢げに見せびらかしたりしていた。〝あのころはとても無口だったのに〟レインバードは驚いた。

フェリースは、どんなに夫がよくしてくれるかについて、ひたすらしゃべり続けた。夫のジャックは市会議員で、とてもうまくやってるわ、ありがとう。ありふれた言い回しをいくつも身につけ、声は甲高くなっていた。

フェリースは一時間ほど、のべつ幕なしにしゃべった。それから、からかうようにレインバードに言った。「あら、ずいぶんおとなしいのね、ジョン」ほかの者たちのほうを振り返って、くすくす笑う。「ジョンはひところ、わたしにすっかりのぼせてたのよ。そうじゃない、あなた《モンシエ》？」

レインバードは奥歯を嚙み締めた。ひどい女だ。気高く繊細な情熱とともに愛したというのに。あの情熱を、このずんぐりした残酷な女は、取り澄まして〝のぼせてた〟と表現するのか。マニュエルが使用人部屋に入ってきて、ぶっきらぼうに言った。

「ご主人さまに、白ワインと炭酸水を」

「自分でやりなさい」レインバードは言った。

フェリースはマニュエルに鋭い目を向けて、早口のフランス語で話しかけた。マニュエルは視線を返したが、無表情なままだった。

「フランス人じゃないよ」ジョゼフが言った。「スペイン人さ」

フェリースは眉をつり上げたが、それ以上何も言わなかった。たじろぐレインバードの頬にキスすると、衣擦れの音をさせながら出ていった。あとにはむっとする麝香《じゃこう》の香水のにおいが残った。

使用人たちはみんな、レインバードを気の毒に思い、目を合わせないようにして忙しく動き回った。ミドルトン夫人だけが喜んでいた。今でも執事に思いを寄せていたからだ。レインバードがあの女に恋をしたときには、悲しみに枕を濡らしたものだった。今ようやく、レインバードはフェリースの本性を知ったのだ。肥満は女性に残酷なことをするのね、とミドルトン夫人は考え、次のお給料日が来たらすぐに、新しいコルセットを買うことに決めた。

二時間ほどいろいろな店を見て回ってから、フェリースはうまく仕事をやり遂げたことにほっとしながら、ブライトン行きの乗合馬車に乗りこんだ。丸々と太っているのも、愛妻家の夫に〝ぽっちゃりさん〟と呼ばれるのも悪くなかった。それでも、たびたびジョン・レインバードのことを思い出していた。フランス人らしい実際的な頭では、お金のない永遠の愛は時間のむだだと考えていたものの、良心がうずき、とうとう精いっぱいのことをしてレインバードの情熱に冷水を浴びせてやろうと出かけてきたのだった。

少しのあいだ装っていたぶしつけな性格をクラージズ通りに置いてきたフェリースは、太ってはいたけれど、控えめで魅力的に見えた。

乗合馬車は丸石を敷いた通りをガタガタと進んだ。フェリースはあのおかしな使用人、マニュエルを思い出した。フランス人であることは確かだ。しかし、クラージズ通り六七番地のできごとは、もう自分には関係なかった。

ガイ卿は絹のバスローブにくるまって座り、白ワインの炭酸水割りをちびちびと飲んだ。昨夜自分が何をしでかしたのか思い出そうとしたが、けばけばしい色合いの場面がいくつか目の前をよぎるだけだった。眉をひそめて考える。何かとても重要なことが起こったはずなのに、それがなんなのかどうしても思い出せなかった。

ロジャー氏がパジャマとナイトキャップだけという姿で、のっそりやってきた。

「病気のゴリラみたいだな」ガイ卿はおもしろがって言った。「座って、白ワインの炭酸水割りを少し飲めよ」

「それがよさそうだ」ロジャー氏が虚《うつ》ろな声で言った。「今夜のちょっとしたイベントのために、元気を取り戻しておかないと」にやりと笑ってウインクする。「あるいは、〝大イベント〟と言うべきかな」

「どこかへ行くんだっけ？」ガイ卿は尋ねた。

「いいや、そのどこかがここへ来るんだよ。忘れたのか？　あの若い連中と、最高にきれいな高級娼婦たちの一団をここに招待したんだよ」

ガイ卿は目を閉じた。急に、本を手にひとり静かな夜を過ごしたくなった。しかし、もっと恐ろしい状況で死を免れたことなら何度もあった。シーズンが終われば、また粉々になった骨や赤痢《せきり》、砲火のもとへ戻らなければならない。

「それじゃ、うちの堅苦しい使用人たちに警告しておいたほうがいいな」ガイ卿は言った。「マニュエル！」

スペイン人の従者が、衝立《ついたて》の後ろから現れた。「あの家政婦を呼んでくれ。あと、レインバードも」

レインバードとミドルトン夫人は、ガイ卿の指示を注意深く聞いた。午前二時に五十人分くらいの夕食を出すこと。楽団を手配すること。シャンパンは箱単位で注文し、バケツで冷やすこと。

ミドルトン夫人が真っ青になった。「ご主人さま」おずおずと言う。「どうやって五十人分のお席を用意しましょう？」

ガイ卿が眉をひそめた。それから、ぱっと表情を明るくした。「この家を片づける必要があるな。つまり、玄関広間と、表と奥の居間と、ぼくの寝室と、食堂を。ぼくは三階に移動するよ。ずらりとテーブルを並べて、立ったまま自由に飲み食いしてもらおう。家具の位置がわかるように床にチョークで印をつけて、楽団は奥の居間に配置してくれ」

レインバードは、社交界の人が五十人集まれば心付けがたっぷりもらえるだろうと考えて自分を慰めた。

「飾りつけはどういたしますか？」レインバードはきいた。

ガイ卿がきょとんとした。

「つまり」レインバードは続けた。「夕食会にはたいてい、なんらかのテーマがあるのです。東洋風とか、森のなかとか、あるいは……」

「なんでもいいよ」ガイ卿が言った。「女性たちが、豪勢な飾りになってくれるだろうから」

「賃金の問題がございます」レインバードはためらいがちに言った。

「給料をもらってないのかい？」

「いただいていますが、屋敷が無人のあいだはとても安い賃金なのです。シーズン中は借り主に差額をお支払いいただく――つまり、使用人の賃金を標準まで上げていただくのが習慣になっております」

ガイ卿が肩をすくめた。「どうもだまされてるような気がするぞ」無頓着《むとんちゃく》に言う。「だけど、大仕事を頼んでるわけだからな。妥当だと思う額を自分で決めて、ぼくに請求書を出してくれ」

使用人たちは最初、直前になって突きつけられた仕事の量に愕然《がくぜん》とした。夜八時ごろには客が到着し始めたからだ。しかし、賃金の引き上げが認められたことを知らされると、みんな元気よく懸命に働き出した。

アンガス・マグレガーは、劇的な展開を楽しむ料理人だった。侯爵の息子がもてなすのは、最上流の人々ばかりだろう。料理人は、驚かせ、喜ばせる計画を立てた。

最初の衝撃がやってきたのは、八時半ごろ、ロンドンの高級娼婦たちをぎっしり乗せた無蓋《むがい》馬車の到着が、クラージズ通りの静かな環境を活気づけたときだった。

女たちは厚化粧をして、羽根とリボンで飾り立てていた。夜の肌寒さをものともせずに透けたモスリンのドレスをまとい、足首を見せるために裾を短くしている者や、肌色のタイツに包まれた脚をあらわにするため裾の両脇をピンで留めている者もいた。レインバードは、高級娼家と間違えているのだろうと思って扉を閉ざそうとしたが、女たちは得意げに名刺を差し出し、そこへロジャー氏が迎えに現れた。

高級娼婦たちを詰めこんだ馬車がもう一台到着し、さらに、血の気の多い若者、粋《いき》人《じん》、しゃれ者、放蕩者たちが操る何台もの馬車が続いた。

レインバードは嫌悪の表情を浮かべながら地階へ行き、女性の使用人たち全員に、この場にとどまって、決して上階に来てはならないと命じた。デイヴは間に合わせの給仕のお仕着せに身を包んで仕事に就いた。アンガスは、自分の芸術的な料理を娼婦の一群に食べさせる羽目になったことを考えて、烈火のごとく怒っていた。

初めは、ほっとしたことに、ほかの夕食会と変わりないように見えた。人々は踊って、おしゃべりし、カードゲームをした。しかし、シャンパンのボトルが次々と空になると、女たちはラム酒を求めた。

それから人々は〝スリッパ捜し〟をして遊んだ。無害なゲームだが、女たちは叫びながら走り回り、何人かが暑いと文句を言ってドレスを脱ぎ始めた。

デイヴは地階に追いやられた。

夕食の時間になると、ジョゼフは身を震わせて目をそらしながら、裸同然の客たちに料理の皿を配った。ガイ卿だけはまだきちんと盛装していたが、ひどく酔っていて、まわりの状況を大いにおもしろがっているようだった。

ジョゼフは知らず知らずのうちにリジーのことと、自分が最近あの子をどれほど邪険にしてきたかについて考えていた。リジーはいい子だよな、とジョゼフは心につぶやき、スカラリーメイドの静かな称賛を懐かしく思った。あした抜け出して、ちょっとしたプレゼントを買ってやろう。

巨大な胸をした若い女が、両胸を皿にのせてガイ卿に差し出した。ガイ卿は片眼鏡を振って、できそこないのトライフル（洋酒を染みこませたスポンジケーキ、ジャム、カスタードをボウルのなかで層状に重ねてつくるデザート）みたいだと言った。

みんなが笑い、ジョゼフの繊細な胃がむかむかした。もう二度と、淫《みだ》らな夢を見ることはないだろうな、とジョゼフは考えたが、レインバードも同じことを考えているとは気づかなかった。

レインバードは心につぶやいていた。ああいう女の体を見ただけで、その気がなくなってしまうのは妙なものだ。

ようやく夕食が終わり、レインバードとジョゼフは休んでいいと言われた。マニュエルはその場にとどまり、主人の椅子の後ろに立っていた。

「少し寝たほうがいい」レインバードはジョゼフに向かってぼそぼそと言った。「この家は、朝には売春宿のようになっているだろう」


晴れた日、エスター・ジョーンズ嬢は朝早く目を覚ました。落ち着かない気分だったので、使用人たちを集めて朝のお祈りをする前に、散歩に行くことにした。楽しい気持ちで、小さなスカラリーメイドのリジーを思い出し、クラージズ通りに足を向けた。

最初、六七番地で火事があったのかと思った。他の屋敷から出てきた使用人たちが、通りに立ち、窓を見上げていた。

エスターは歩調を速めて見物人に加わった。

誰かが下品な笑い声をあげて、上を指さした。屋敷にはまだ明かりが煌々《こうこう》と輝いていた。二階の窓ガラスに、太った男の大きな顔が押しつけられているように見えた。群衆が笑って冷やかし始め、エスターは頰を真っ赤にしながら、自分が見ているのは、にやけ顔を落書きされた女の裸のお尻だと気づいた。

エスターが呆然《ぼうぜん》と見上げていると、ひとりの男が裸の女を窓からどかして、下を見た。夜会服をきちんと着ている。おしゃれで整った顔立ち、金色の髪と明るい青い目をしている。ずうずうしく家に入りこんできたあの酔っぱらいだった。

男は見物人たちをおもしろそうに眺めてから、エスターに留めた目をきらりと光らせた。窓に背を向けたので、こちらに下りてきて話しかけるつもりだとわかった。

エスターは振り返って全速力で通りを走り、一度も立ち止まらずにバークリースクエアの家に無事たどり着くと、しっかり扉の錠を下ろした。

3

信心深いセリンダはお祈りに行くだろう、
わたしが願いさえすれば。
けれど愚か者は涙に暮れるばかり、
もしわたしがあきらめると信じさせれば、
この束縛から自由になれるだろうか、
あるいは射止める希望があるだろうか、
彼女はわたしを聖人にするだろうか、
あるいはわたしが彼女を罪人にするだろうか。

——ウィリアム・コングリーヴ

夕食会翌日の正午には、使用人たちは腕まくりをして、険しい顔で仕事に取りかかった。客たちの体を通りに放り出すために、厨房からアンガス・マグレガーを呼ばなくてはならなかった。半裸の男女が大声でどなりつけたが、アンガスはゲール語で彼らをののしり肉切り包丁を振り回したので、ほどなく客たちは屋敷からいなくなったようだった。

次に、あふれそうな室内用便器、よごれた床、食べ残し、割れたグラスという惨状の片づけがあった。

マニュエルはまた姿を消していた。アンガスと共用している屋根裏部屋にも、地階にもいない。

「どうせ、まぬけな犬みたいにご主人さまのベッドの端っこで寝てるんだろ」ジョゼフはぶつぶつと言った。仕事のあいだじゅう、垢抜けた言葉遣《づか》いのことは忘れていた。リ

ダイニングテーブルの下からよごれた靴下留めを拾って、暖炉の火に投げこむ。リジーが流し場で皿やグラスを洗うのに忙しくしていてよかった、とジョゼフは胸のなかでつぶやいた。客が残していったものを見るだけで、若いメイドなら誰だって堕落

してしまうはずだ。リジーにプレゼントを買ってやることを、また考えてみた。しかし、仕事を終えるころにはどの店も閉まっているに違いない。

　午後四時には、ジェニーがリジーを流し場から呼び、紳士たちの寝室の片づけを手伝うよう頼んだ。暖炉を掃除して、湯のバケツを持っていく時間だった。主人たちはきっと、もうすぐ目を覚まして着替え、次の騒がしい夜に備えるだろう。

　リジーは大きな石炭のバケツを持ち、ジェニーのあとについて懸命に階段をのぼった。

「ご主人さまの部屋から始めましょう」ジェニーが言って、ドアをあけた。

　ジェニーとリジーは、戸口で雷に打たれたように立ち尽くした。ガイ卿は、三人の裸の女に囲まれてベッドのなかにいた。女たちはしわくちゃになった白い毛布のように、主人にまといついていた。

　ガイ卿は目を覚まし、枕を背になんとか起き上がって、ふたりのメイドが真っ赤な顔で目を丸くして立っているのを見た。ベッドにいる女たちに目を向け、眉をひそめる。このなかの誰かと、実際にしたんだっけ？　ガイ卿はぼんやり自問した。それから、リジーの無垢な驚きの表情を見て、ぶっきらぼうに言った。「出ていけ！　部屋に誰もいなくなったら呼びにやる」

ジェニーはリジーを後ろに引きずり、ばたんと扉を閉めた。

ガイ卿は、ベッドから裸体をひとつ、さらにもうひとつ蹴り出した。高級娼婦たちが叫び、うめいた。ガイ卿は、最初に服を着て出ていった者に最高の報酬を払うと約束した。醜い争いが起こったが、すばやく追い払えた。

呼び鈴を鳴らす。レインバードが、仕事着にエプロンを着けて応対した。気をつけの姿勢で立ち、目を伏せて、軽業師のような体に怒りをみなぎらせている。

「風呂を運んでくれ」ガイ卿は命じた。

レインバードはちらりと目を上げてから、また伏せた。「承知いたしました」

「ちょっと待て」ガイ卿は言った。「おまえ、横柄な目つきをしてたな。どういうことだ？」

「ミドルトン夫人を含め、屋敷のメイドはわたしの監督下にあります」レインバードが答えた。「わたしはメイドたちを守っているつもりです。過保護かもしれませんが。

スカラリーメイドとチェインバーメイドは、ひどくびっくりしたようです。社交界ではあのような行為もよくあることと存じてはおりますが、通常は……」

レインバードが言葉を切った。

「通常は、娼家のなかだけに限られてる」ガイ卿は言った。「おまえはいつも、主人に対してそんなに生意気なのか、レインバード？」

「いいえ、ご主人さま。お詫《わ》び申し上げます。非難の気持ちを見せるつもりはありませんでした」

「二度と見せるな。たとえ執事でも、鞭打《むちう》ちを免れないぞ。さあ、風呂を持ってこい！」

レインバードがお辞儀をして去った。

ガイ卿はベッドのなかで寝返りを打った。硬いものにぶつかり、ラム酒の空の瓶を引き出す。

身を起こして、頭を抱えた。それから、部屋を見回した。なんてひどい散らかりようだ！　執事が非難がましい顔をするのも無理はない。ガイ卿はまた呼び鈴を鳴らし、マニュエルを呼ぶよう命じた。戻ってきたレインバードは、居場所がわからないと答えようとしたが、突然マニュエルが背後に現れてぎょっとした。

「部屋を片づけろ、マニュエル」

スペイン人の従者が、冷たい目をレインバードに向けた。「メイドたちは、どこだ？」と問いただす。

ガイ卿は猫撫で声で言った。「おまえに片づけろと言ったんだよ。さっさとやれ！」

長い両脚をベッドの横から下ろし、裸の体にバスローブをまとった。「おまえ」レインバードに向かって言う。「いっしょに来てくれ」

ガイ卿は先に立って食堂に下りた。アリスとジェニーが、絨毯に薔薇水をまいていた。ガイ卿を見るとびくりとして顔を赤らめてから、目を伏せて棒立ちになった。

まるでぼくがとんでもない怪物みたいじゃないか、とガイ卿はいらいらしながら考えた。

「出ていけ」と命じて、頭をぐいと扉のほうに向ける。

メイドたちが立ち去ると、振り返ってレインバードをじっと見た。「さて、お堅いわが友よ」ガイ卿は言った。「話せ。ベッドにいた女たちのほかにも、メイドたちを驚かせたことがもっとたくさんあったのか？」

「はい、ご主人さま」レインバードは、鞭打ちによる肩の痛みを想像しながらも、きっぱりと答えた。目をそらしたまま、屋敷と残った客たちの状態について詳しく説明する。

ガイ卿の心が、むきだしの足もとまで沈んでいった。思い描いていたのんきな独身男の自由はどこへ行ってしまったのか？

これまでずっと、使用人をきちんと扱うように教育されてきた。自分の扱いが、隊の部下に不満の種を与えたことなど一度もなかった。屋敷の使用人たちは、兵士たちと同じく自分の指揮下にある。なのに失望させてしまった。

「もう二度と、面倒はかけないよ」ガイ卿はこわばった声で言った。「ロジャーさんとぼくは、どこかよそで楽しむことにしよう。みんなには骨折り賃として、二ポンドずつ渡してくれ」

「ありがとうございます、ご主人さま」レインバードは息をのんで答えた。

「雇われ仕事はつらいだろうな？」ガイ卿は続けて、探るように執事の顔を見た。

「ときにそうとも言えますが、補ってくれるものがあります」

「やましさを感じた主人から、割増賃金をもらえるとか？」

「少し違います」レインバードは思いきって笑みを見せて答えた。「わたしたち、この屋敷の使用人たちは、互いに強い親しみをいだくようになりました。これほどよい家族に恵まれる人間は、多くありません」

ガイ卿が眉をひそめたので、レインバードは何かまずいことを言ったのだろうかと考えた。しかし、ガイ卿はヨークシャーにいる自分の家族のことを思い出していたのだった。戦場に戻る前に、きちんと両親を訪ねなければならない。

ロンドンで思いきり楽しむ計画が、こんなにもあっけなく燃え尽きてしまうのか？静かな生活を送れば、地獄のような戦争の記憶が頭のなかに押し寄せてきて、また大砲のとどろきや負傷者の悲鳴が聞こえ、死んだ者と死にかけた者の腐敗した肉のにおいを嗅ぐことになるだろう。顔から血の気が引き、体が少しぐらついた。

「どうされました？」レインバードが進み出て、主人が倒れる前に支えようとした。

「だいじょうぶ、元気そのものだよ」ガイ卿が言った。「カナリーワインをひと瓶持ってきてくれ。それと、〝ご機嫌ロジャー〟に支度するよう伝えてくれ」

執事に向かって、心を揺さぶる魅力的な笑みを浮かべる。

「やれやれ」レインバードは階段を下りながらつぶやき、首を振った。

しばらくのあいだ、ほかの使用人たちには何も言わなかった。レインバードとジョゼフとメイドたちは、浴槽と湯のバケツを上階に運んだ。ロジャー氏のベッドには、客は誰もいないとわかった。ロジャー氏は自分でバケツに二杯の湯を頭からかぶり、犬のように体を震わせた。

こうしてようやく、両紳士はマニュエルに付添われて屋敷を出ていった。

六七番地の使用人たちは、ほっとため息をついた。「こんなのがずっと続くとしたら、我慢できるとは思えないな」ジョゼフが言った。

「ご主人さまが、骨折り賃として二ポンドずつくださったよ」レインバードは言った。

みんなの顔がぱっと明るくなった。「ご主人さまが、あんなに悪い人で残念だわ」リジーが言った。

「ガイ卿は善人だと思う」レインバードは言った。「戦場に長くいすぎたんだ。昨夜みたいなことは二度とないと約束したし、その言葉は信じられる」

「すっごくハンサムだしね」アリスが夢見るように言った。

「あたしはあの人が怖い」ジェニーが頑固に言った。「あんなむかむかする場面は、二度と見せられたくないわ」

ミドルトン夫人は、寛容な気持ちになっていた。フェリースが当然の報いを受けたことで、今も幸福感の波間をふわふわ漂っていたからだ。「ご主人さまに必要なのは、善良な女性の愛よ」

「善良な女性をさ」デイヴがあざけるように言った。「いっぺんに三人、ものにしたんだろ」

「いやらしいこと言わないでちょうだい」ジェニーがしかった。

「嘘じゃないわ」ミドルトン夫人が続けた。「ああいう男性は、善良な女性と出会えば必ず改心《リフォーム》するの」

レインバードは肩をすくめた。「本のなかではね」

ガイ卿とロジャー氏は比較的早い時刻、午前三時に帰宅した。そして、四頭立て馬車を駆る〈フォー・イン・ハンド・クラブ〉のボックスヒルへの小旅行に参加するつもりなので、翌朝九時に起こすようにと頼んだ。戻りはあさっての予定で、使用人たちはそれまで好きに過ごしていいと言われた。

レインバードは勇気を振り絞って、朝食時に、増額した賃金とひとり二ポンドの特別手当の請求書を主人に手渡した。

ガイ卿は文句ひとつ言わずに、特別手当を支払い、賃金分の銀行小切手を切った。使用人全員が見送りのために玄関広間に並び、レインバードが代表して報酬の礼を言ったので、ガイ卿は驚いた。

小さくうなずいて、おどけた笑みを向ける。「どんちゃん騒ぎに使い果たすなよ」優雅な物腰で出ていき、そのあとからロジャー氏が熊のようにのそのそと続いた。

「笑うとすごくすてきねえ」アリスが愁《うれ》いを帯びた声で言った。

全員で使用人部屋に戻り、自由に使える日に何をするか決めることにした。リジーは、公園を散歩して新鮮な空気を思いきり吸うのが好きなので、たぶんケンジントン・ガーデンズに行くと言った。ジョゼフは気取った咳払いをしてから、いっしょに行こうと言い、リジーは喜びに頬を染めた。

アンガスは古本屋を見て回るつもりだと言い、ジェニーとアリスはお店巡りをしたがった。ミドルトン夫人は期待をこめてレインバードを見たが、執事はバークリースクエアへ行って〝リジーの改革家〟を訪ねると言った。そのあと、主人の銀行に寄って賃金を引き出し、半分を貯金箱に入れるつもりだ。箱のなかには、いずれみんなで宿屋を買うための蓄《たくわ》えが入っていた。それから、レインバードはみんなに二ポンドずつ配った。ミドルトン夫人は、屋敷の留守番を買って出た。レインバードが銀行から戻ったら、どこへでも出かけられるように準備をしておくつもりだった。

レインバードは、こんなに早い時刻にそのジョーンズ嬢が起きているとは思わなかったが、とりあえず訪ねて適切な時刻を取り決めようと考えた。

晴れた寒い朝だった。バークリースクエアをぶらぶらと歩きながら、ガイ卿を改心させるというミドルトン夫人の考えをおもしろく思い出した。

エスター・ジョーンズ嬢の執事は、レインバードのお仕着せをじっと見てから、悲しげな表情を向けた。「わたしの仕事を奪いにきたのですか？」ときく。

「いいえ」レインバードは答えた。「ジョーンズ嬢からの伝言で、使用人の教育の件で相談があるので訪ねてほしいとうかがいました。職場を変えるつもりはありませんし、ジョーンズ嬢もそんなことを提案されるつもりはないでしょう。朝早すぎて、まだお目覚めでないと思いますが、午後のお約束を取り決めておきたかったのです」

「ご主人さまには、早すぎるなんてことはありません」執事が暗い顔で言った。「たいてい朝六時にはお目覚めです。貴族を訪ねてきた使用人に対する作法では、どうするんでしたっけ？　ジョーンズ嬢は、作法にとてもきびしいもので」

「わたしを玄関広間で待たせなさい」レインバードは言った。「そうすれば、ご主人さまが適切と思う部屋に案内してくださるでしょう」

「ありがとう」陰気な執事が言った。「名刺はありますか？」

レインバードは名刺を手渡した。「あとで返してください」と言う。「それ一枚しかないので」

執事が階段をのぼっていったあと、レインバードは玄関広間に立って、あたりを見回した。すべてはとても上等で、とてもていねいに磨かれ、とても陰鬱だった。上階から、子どもたちが賛美歌を歌う甲高い声が聞こえた。レインバードは、来なければよかったと考え始めていた。この屋敷には、閉所恐怖症を引き起こすような何かがあった。ガイ卿の夕食会を思い出す。「地獄を抜け出て天国に入りこんだらしい」ひとりごとをつぶやく。「どっちも落ち着かないな」

階段を下りてくる軽い足音が聞こえ、レインバードは目を上げた。

これほど堂々たる美女を見たのは、初めてのような気がした。とても背が高く、豊かな胸をしている。髪は地味な帽子の下にまとめられていたが、体つきの完璧さや、肌の柔らかな白さ、大きな目の不思議な美しさを損なってはいなかった。

きっとジョーンズ嬢の姪《めい》に違いないと思ったが、その女性は笑顔で進み出て言った。

「ジョーンズ嬢です。あなたがレインバードね。こちらへどうぞ」

先に立って、一階の応接室へ導く。とても暗い部屋で、背の高い暗褐色の家具が、おおぜいの非難がましい聖職者のように立ち並んでいた。

「座ってちょうだい」エスターは言った。

レインバードが張りぐるみの硬い椅子に腰かけると、エスターは向かいに座って、きまじめな目を向けた。

「初めに言っておかなければなりませんが、あなたから話を聞くかどうかについては迷いがありました」エスターは言った。「知ってのとおり、あなたのところのスカラリーメイドが勉強熱心できれい好きなことに、とても感心したんです。でも」ほんのり頬を赤らめながら続ける。「きのうの朝早く、クラージズ通り六七番地の前を通りかかりました。淫らな大騒ぎが進行中でした」

「あれは、新しい借り主ガイ・カールトン卿が開いた夕食会だったのです」レインバードは言った。「主人たちの道徳観は、必ずしも使用人たちの道徳観と同じではありません。特に、シーズン中にだけ貸し出される屋敷では」

「それを聞いて安心しました」エスターはきびしい口調で言った。「そのガイ卿は、虫酸《むしず》の走るようないやらしい放蕩者なのでしょうね」

「長いあいだ戦場にいらしたのだと思います」レインバードは慎重に言った。「ご主人さまについてあれこれ言える身分ではありませんが、ご覧になったような場面は二度と繰り返されないだろうと申しておきます。ガイ卿は、今後はどこかよそで楽しむと約束するだけの善良さをお持ちです」

「少なくとも、いくらか良心はあるようね」エスターは言った。「ところで、あなたが使用人のために学校を開いていることに、興味があるのよ。わたしも毎日、使用人たちに勉強を教えているのだけど、みんななかなか本を読めるようにならないし、不機嫌そうで、学ぶ気がないの。あなたも同じ問題にぶつかったことがある？」

「いいえ、お嬢さま。学校は自発的に始まったのです。以前の借り主のおひとりが、リジーに勉強を教えてくださいました。その学習熱が、ほかの者たちにも広がったのです。それで、冬のあいだは勉強して過ごすことにしました。料理人のアンガス・マグレガーはスコットランド人で、実際には彼が授業を受け持っています。要するに、もし誰かが勉強なんかに頭を悩ませたくないと思ったなら、そう口にするだけでよかったのです。アンガスはとてもよい先生だとわかりました。アンガスが言うには、人は、わくわくする物語を読むように勧められれば、読書の楽しみをいずれもっと高尚なものにつなげられるんだそうです。そのために、女たちには伝奇小説《ロマンス》を、男たちにはスポーツ雑誌を与えました」

「でも、ロマンス小説なんて！」エスターは驚いて言った。

「とても道徳的ですよ」レインバードはまじめな顔で言った。「それに、とてもおもしろいです。悪党は必ず罪を償わされますし、ヒロインは常に無垢で清らかです。道徳を楽しく身につけさせるひとつの方法ですよ——子どもにおいしい味の薬を与えるように」

「興味深いわ」エスターは言って、きれいな目を輝かせた。「お茶をいかが、レインバード？」

レインバードはありがたくいただいた。エスターが教育のむずかしさについて話すあいだ、密かにその姿を観察する。間違いなくここに、ミドルトン夫人の言う善良な女性がいた。自分の流儀を守ることにとてもきびしいようだが、物腰にほっとさせる気軽さがあり、威張ったところが少しもない。バークリースクエアに住む貴族のなかで、執事にお茶をふるまおうと考える人はめったにいないだろう。

会話がもっと一般的な話題に移り、レインバードはジョーンズ嬢が社交上のつき合いをしていないらしいことに気づいた。背中を押してあげるべきだろう。主人に善良な女性の愛が必要だというミドルトン夫人の考えは、最初ひどくばからしく思えたが、今ではなかなかの名案に感じられた。ガイ卿とジョーンズ嬢を引き合わせることが肝心だ。それを実現するには、ジョーンズ嬢にオペラかいくつかの夜会に出席するように勧めるのがいいだろう。

「妹さまのために、上流社会での大きな野心をお持ちなのでしょうね」会話が途切れたとき、レインバードは言ってみた。

エスターは笑った。「妹のデビューはずっと先よ」

「ですがもちろん、よい結婚をしてほしいとお望みでしょう」レインバードは続けた。「しかもお嬢さまは、ご弟妹が成長なさったとき役に立つ、社交界のご友人をつくり始めるうえで最適の地位にいらっしゃいます」

エスターは眉をひそめた。双子が成長して結婚することについてなど、考えてもみなかった。しかし、この風変わりな執事の言うことにも一理あった。

「それに」レインバードは言った。「いっしょに遊べるご友人がいれば、おふたりもうれしいはずです。子どもは友人を持つことがとても大切ですから」

「ふたりにはお互いがいるわ」エスターは弁解がましく言った。

踏みこみすぎてはいけないと感じたレインバードは、会話を教育に戻し、訪問はなごやかな雰囲気で終わった。

レインバードが帰ってから、エスターは長いあいだ座って考えこんでいた。教育が楽しいものになるとは考えてもみなかった。子どもは楽しく遊ぶべきなんだわ、と心のなかでつぶやき、後ろめたさにちくりと胸を刺された。ロンドンには、劇場やサーカスや動物園がたくさんある。

エスターはようやく我に返った。ピカデリーにあるハチャーズ書店に行って、双子と使用人たちのためにおもしろい本を何冊か買ってこよう。

窓の外の明るい陽光に欺《あざむ》かれて、エスターは薄着で出かけた。ピカデリーから歩いて戻るまでには、冷たい風が吹き、みぞれ混じりの小雨が服を打っていた。

翌朝にはひどい風邪を引いてしまった。エスターはぐったりしながら双子を呼び、具合がよくなるまで、どうにかふたりでお互いの面倒を見るようにと言い聞かせた。

「何して遊ぶ、ピーター？」子ども部屋に戻ると、エイミーがきいた。

ピーターが目を輝かせた。「ふたりで抜け出して、ケンジントン・ガーデンズに行かない？」

「あんまりおもしろくないわ。どうしてそこなの？」

「あのフランス人スパイを捜すのさ。つけていって、正体を暴いて、王さまに勲章をもらうんだ！」

「うわあ」エイミーは叫んだ。「行きましょ」

雨は降っていないが、鉛色の雲が垂れこめ、身を切るような風が吹く午後だった。

双子は子守係《ナースメイド》にふたりだけで静かに遊ぶつもりだと伝えてから、メイドが出かけたあと、コートを着てこっそり屋敷を抜け出した。

ふたりは手をつないですばやくハイドパークを駆け抜け、ケンジントン・ガーデンズに入った。

それから一時間ずっとスパイを捜し続け、ついにくたくたになってしまった。

「帰ったほうがいいね」ピーターはがっかりして言った。

エイミーの手を取って、家に向かって歩き出す。しかし、ケンジントン・ガーデンズを離れてハイドパークに入ると、ピーターははっとしてエイミーの腕をぎゅっとつかんだ。

「見て！」ピーターは言った。「あそこだよ」

ブルームズベリー義勇兵連隊が、空き地で教練をしていた。兵士たちを観察して小さな黒い手帳に何か書いているのは、マニュエルだった。

「どうする？」エイミーは興奮して甲高い声できいた。

「こっそり近づいて、何を書いてるのか見てみよう」ピーターが言った。「行くぞ！」

双子はマニュエルに忍び寄り、ほとんどすぐ後ろまで近づいた。ピーターはつま先立ちになって、マニュエルが手帳に書いているものが読み取れるか試そうとした。ちょうどそのとき、エイミーが大きなくしゃみをした。マニュエルが肩越しにさっと振り返り、小さな男の子が明らかに自分の書いたものを読もうとしていることに気づいた。

ふたりの子どもの腕をつかみ、揺さぶり始める。「おまえら、何見んだ、え？」片言の英語でどなる。

「なんにもしてなかったよ」ピーターは喘《あえ》ぎながらも勇敢に言ったが、エイミーはすっかりおびえて悲鳴をあげ始めた。

「マニュエル！　今すぐその子たちから手を離せ！」大きな声がした。

マニュエルが血色の悪い顔を赤らめ、子どもたちの腕を放した。ピーターとエイミーは互いにしがみつき、救い主を見上げた。背が高く、金髪で、洗練された服装をしている。

「ご主人さま」マニュエルがむっつりと言った。「このちびども、こっそり来て、おどかすんです」

「なんだって！　小さな子どもふたりじゃないか！　ばかなことをするな」

「そいつ、スパイだよ！」ピーターは叫んだ。「兵隊を観察して、手帳に何か書いてるんだ」

「この男が兵隊の数を数える必要はないんだよ。誰だって新聞で何から何まで読めるんだから」ガイ卿は言った。「だが一応、その手帳を見せてみろ、マニュエル」

従者が小さな黒い手帳を出した。ガイ卿はページをぱらぱらとめくった。「ぼくの日記です」マニュエルが言った。

「〝きょうはご主人さまとボックスヒルに行った〟」ガイ卿は読んだ。

「あの手帳じゃないよ」ピーターはエイミーにささやいた。

「問題ないようだ」ガイ卿が言って、手帳を返した。「おまえとはあとで話そう、マニュエル。さて、子どもたち、名前は？」

「ピーター・ジョーンズ」ピーターは答えた。「こっちは妹のエイミー。泣くなよ、エイミー。もうだいじょうぶだよ、ね」

「どこに住んでる？」

「バークリースクエア」

「それで、ナースメイドはどこだ？」

ピーターは足をもぞもぞと動かした。「ぼくたちが出かけたって、知らないんだ」

「それじゃ、ぼくがご両親のところへ送っていこう」

「両親はいないんだ」ピーターは言った。「お姉さまが面倒を見てくれてる。かんかんに怒るだろうな」口うるさい大人たちの現実世界に引き戻されたせいで、マニュエルが別の手帳を出したことを指摘しようという考えは、ピーターの頭から消し飛んでしまった。

「また自分たちだけで出かけて迷子になるより、お姉さんのちょっとしたお小言に耐えるほうがましなはずだよ」ガイ卿は言った。「マニュエル、クラージズ通りに戻って、待ってろ。まずはあそこへ行って、ぼくが子どもたちを送っていくことをロジャーさんに伝えてくれ。さあ、おいで、子どもたち」

疾走する競走用二頭立て二輪馬車で家に送ってもらうという栄誉に、ピーターは心配ごとをすっかり忘れた。

ガイ卿は、バークリースクエアの屋敷の外に馬車を止め、興味をこめて屋敷を見上げた。以前に来たことがあり、何か重大なことがここで起こった気がした。

そのとき玄関扉が開き、エスターが飛び出してきた。その目は弟妹だけを見ていた。双子が行方不明だと知らされて、ベッドから起き出したのだった。ゆったりしたガウンを着て、赤い髪を頭のてっぺんでゆるくまとめている。

ガイ卿は、ぼうっとしながらその姿を見つめた。

「きみ」と声をかける。「きみは夢じゃなかったのか。本当にいたんだ」

「弟と妹を連れ帰ってくださって、感謝いたします」エスターは言った。ガイ卿の言葉をあまりよく聞かないまま、初めてそちらを向く。顔がこわばった。

「あら、ええ」エスターは冷たく言った。「お会いしましたわね」

「どこで?」ガイ卿は尋ねた。

「あなたはすごく酔っていらっしゃいました。ある朝この屋敷に入ってきて、わたしに襲いかかろうとしたんです。しかもあなたは、クラージズ通り六七番地を娼家に変えていました。口を利くべきですらないのですが、弟と妹をどこで見つけられたのかうかがわなければなりません」

「ハイドパークですよ」ガイ卿は答えた。「ぼくの従者をスパイと間違えたんです。あいつがふたりを怖がらせてしまって」

エスターは弟妹を抱き上げて馬車から降ろし、ナースメイドに預けてから、ガイ卿に注意を戻した。

「ふたりを送ってくださってありがとう」エスターは言った。

くるりと背を向ける。

「また会えるかな?」ガイ卿はきいた。

エスターは振り返って、無表情にガイ卿を見た。

「ばかなことをおっしゃらないで」エスター・ジョーンズ嬢は言った。そしてスカートをつまみ上げ、双子のあとから屋敷に入り、ばたんと扉を閉じた。

4

おお、ラドクリフよ！　あなたはかつて魅惑していた
ひと晩じゅう座って読書する女性たちを。
あなたのヒーローは鎧《よろい》を身に着けた若者、
あなたのヒロインは白いドレスを着た乙女。

上流社会はヒロインの私生活が暴かれたことを知る、
彼女の一部始終が追いかけ回される。
口にされたほんのささいなおしゃべりまで
夜会に出席したとても立派な人々がとりざたする。
テンビーではジンクス嬢が宿屋の女将《おかみ》に
その本を貸してちょうだいと頼む、

そして読み続けるうちに夢を見る
自分が優雅な生活を送る人々の一員になったかのような。

――トマス・ヘインズ・ベイリー

「というわけさ」ガイ卿はうろうろと歩き回りながら言った。「厳格な女神に恋してしまったんだ。ここで行われたパーティーを目撃したうえに、ぼくが酔っぱらって屋敷に入りこみ襲いかかろうとしたと主張し、ぼくとは一切関わりを持ちたくないと思ってる女性に」

ロジャー氏が感傷的なため息をついた。多くの陸軍将校と同じく、根っからのロマンチストだった。「かなわぬ恋だよ、ガイ。軍に戻ったら、戦場で女神の顔を目に浮かべるんだな」

「くそっ、ぼくはベッドで女神の顔を目の前にしたいんだよ！」

「いや、いや、いや」ロジャー氏が悲しげに言った。「絶対に無理だな、友よ。きみがベッドに引きこめるのは娼婦さ。高潔な美女がきみを見ようとしないなら、遠くから崇《あが》めるんだな」

「また憩《いこ》いの場に行ってたのか？」ガイ卿は不機嫌に言った。「ぼくは今の状況をどうにかするつもりだ。ぼくたちは生活態度を正さなくちゃならない」

「かまわないよ」ロジャー氏が愛想よく言った。「トランプ詐欺師や社交界のめかし屋、強欲な高級娼婦たちに、すでにうんざりしてたんだ」

「もう一度パーティーを……夜会を開くべきだな」ガイ卿は言った。「今度は隅から隅まで上品にする」

「したいようにすればいい。でもそのジョーンズ嬢は、たとえきみが送迎に皇太子殿下を派遣しても、来てくれそうにないな」

「だったら、ジョーンズ嬢が行く場所を突き止めて、ぼくも同じ行事の招待を受けられるようにしよう」

「それほどむずかしくはないだろう」ロジャー氏が言った。「ぼくたちはどっちも金持ちだから」

「金では、あのパーティーのせいで広まった悪い評判は消せないんじゃないかな」

「金と地位があれば、どんなよごれも消し去れる」ロジャー氏が言った。「そのふたつは、上流社会お気に入りの染み落としなのさ。どうやってジョーンズ嬢が行く場所を突き止めるつもりだ？」彼女の使用人を買収するのか？」

「そういう危険は冒したくない。「使用人は自分が正直だってことを示すために、告げ口するかもしれない」

「マニュエルを差し向けて探らせたらどうだい」

ガイ卿は眉をひそめた。「マニュエルのことは、どうも気に入らない。イギリスに着いてから、あの男がいったい何を考えてるのかよくわからないんだ。地階の使用人たちにナイフを突きつけ、きょうはジョーンズ嬢の小さな弟妹を脅した」

「スペイン人てのは、そういうものさ」

「いいや、スペイン人はそうじゃない。イギリス人のほうがよっぽど子どもに無慈悲だと、きみも戦場で気づいたはずだ」

「マニュエルはどこの出身だ？」

「ポルトガル人の一家に雇われてたが、スペイン人だからという理由でほかの使用人にいじめられてたと話してた。翌日、ぼくの連隊は移動する予定だった。マニュエルが従者として連れていってくれと頼むので、ぼくは引き受けた。物静かで有能なやつだとわかった」

「あいつは虫が好かない。最初からね」ロジャー氏が言った。

「だけどトミー、使用人に対して好きも嫌いもないだろう。仕事をきちんとこなせるなら雇い続け、こなせないなら解雇するだけさ」

「そうは思わないな」ロジャー氏が言った。「たとえ有能でも、いけ好かない使用人をそばに置くのは不愉快だ」

「でも、哀れなあいつをはるばる外国まで連れてきたあと、追い出して自力でやっていけとは言えないよ」

「ぼくだったら、スペインに戻るための船賃を払ってやるけどな」ロジャー氏が言った。「とにかく、あいつを使わないんなら、うちの風変わりな執事、レインバードに頼むのはどうだい。あいつのことは、けっこう好きだ。頭がいい。訳知りな目をしてる」

「鋭い舌もな。わかったよ、それじゃ出ていってくれ。ひとりのほうが、あいつと気軽に話せる」

ジョゼフは、上位の使用人たちがひいきにしているパブ〈走る従僕〉の席にゆったり座って、友人のルークとおしゃべりしていた。ルークは、六七番地のとなりに住むチャータリス卿の第一従僕だった。ルークは背が高くハンサムで黒い髪、ジョゼフは背が高く金色の髪をしている。小麦粉税のせいで、どちらの従僕も髪粉をつけていなかった。

ジョゼフは、リジーとケンジントン・ガーデンズを散歩して、楽しい時を過ごした。リジーが大きな目を称賛に輝かせて、こちらの言葉をひとこと漏らさずまじめに聞いてくれると、自分が重要な人間に感じられる。それに、清潔な白いドレスを着て、きちんとブラシをかけたつややかな茶色い髪をしたリジーは、きれいと言ってもいいくらいだった。何か買ってやりたい。まだプレゼントを買いに行く時間がなかった。

「あのさ、ルーク」ジョゼフは言った。「男が女性に贈るのにふさわしい上品なものって何かな？」

「誰に贈るんだい？」ルークが好奇心をあらわにしてきいた。

ジョゼフは顔を赤らめて目を背けた。ロンドンのほとんどの使用人と同じように、ジョゼフも極端な気取り屋だった。ルークをうらやみ崇拝していたので、ただのスカラリーメイドに贈り物をしたいと打ち明ける気にはなれなかった。

「ハントさんさ」ジョゼフは苦し紛れに答えた。ハントさんとは、クラージズ通り五二番地で働いているかなり手強《てごわ》い家庭教師だった。

ルークが音を出さずに口笛を吹いた。「ずいぶん高望みするじゃないか」従僕が家庭教師に言い寄るというのは、シティーの商人が社交界の裕福な貴婦人に言い寄るのと同じくらい野心的なことだった。

「やってみなくちゃ、なんにも達成できないだろ」ジョゼフは言って笑ったが、その声は自分の耳に虚ろに響いた。

「持ち合わせがあるなら、ぴったりのものを教えてやる」ルークが言った。「絹の薔《ば》薇《ら》さ。いちばんの店は、コヴェントガーデンの〈レイトン&シアー〉だな」

「時間がないかもしれないな」ジョゼフは言った。

「どうやって二ポンド手に入れたかって、ずっと自慢してたじゃないか。行こう。貸し馬車を使うんだ」

クラージズ通りへの帰り道、ふたりはピカデリーの外れに注意深く馬車を止めて、それぞれの執事に浪費を見とがめられないようにした。

クラージズ通りをぶらぶら歩いていると、ルークが突然立ち止まって、ジョゼフの腕をつかんだ。「ほらあそこ！」と叫ぶ。「ハントさんだ。道の向こう側」

「あしたまで待つよ」ジョゼフは大あわてで言った。ちょうどそのとき、外階段のてっぺんにリジーの姿が見えたからだ。

「臆病者は高嶺《たかね》の花を射止められないぞ」ルークがにやりとして言った。「助けてやるよ。ハントさん！」と呼びかける。

かなりきつい顔つきの若い女性が振り返って、尊大な目を向けた。

ジョゼフは胸の内でうめいた。やり通さなくてはならない。高価な絹の薔薇をただのスカラリーメイドのために買ったことを、ルークに打ち明ける気には絶対になれなかったからだ。

ジョゼフは、後ろについたルークとともに道を渡った。「ハントさん」ジョゼフは深くお辞儀をして言った。「どうぞ、この薔薇をお受け取りください」ハント嬢が細い眉をつり上げて、下水溝から這い出してきたものを見るようにジョゼフを見た。

「絹でできてるんです」ジョゼフは早口でまくし立てた。

ハント嬢が冷たい目でジョゼフをまじまじと見てから、背を向けて階段をのぼり始めた。

「ふざけるなよ、年増の堅物め」ルークが憤然とどなった。「きっとよごれた下着をはいてやがるんだ」

「あなたたちの雇い主に報告します」ハント嬢が言った。「いやらしい悪たれ小僧ども！」

「ひどいじゃないか、ルーク」ジョゼフは、かっとして言った。「なんであんなこと言うんだ、この口ぎたないゲス野郎！」

「あの女の自業自得だ」ルークが息巻いた。「かまうもんか。ぼくに言わせりゃ、きみはあそこにいるリジーとのほうがずっとうまくいくと思うね。あの子、なかなかの器量よしになってきたじゃないか」

ルークは、執事のブレンキンソップが六五番地の階下の窓から外をのぞいたのを見て、跳ぶように道路を渡って屋敷のなかに消えた。

ジョゼフは惨めな気持ちで歩いていき、じっと立ったまま悲しげにこちらを見つめているリジーに近づいた。

「何をそんなに見てるんだよ？」ジョゼフは怒った声できいた。そして肩で荒っぽくリジーを押しのけ、外階段を下りた。

レインバードは表向きには礼儀正しく、内心ではおもしろがりながら、バークリースクエアのジョーンズ嬢について何か知っているかというガイ卿の質問に耳を傾けた。

「じつを申しますと、存じております」レインバードは答えた。「ジョーンズ嬢にお茶をごちそうになりました」

「で、どうしてそうなったんだい？」ガイ卿が尋ねた。

レインバードはジョーンズ嬢がリジーに会ったこと、使用人たちに教育を授けたいと望んでいることを説明した。「どうやら」レインバードはつけ加えた。「ジョーンズ嬢は、どんな社交行事にもお出かけにならないようです。あれほど美しい貴婦人が、そのような孤立した生活を送るのは遺憾《いかん》なことに存じました。そこで、ご弟妹の将来をお考えになってはいかがかとお勧めしました。ご弟妹のためによい結婚をお望みなら、ジョーンズ嬢が社交界に出入りするのがおふたりの利益になるかもしれません、と」

「それで、ジョーンズ嬢はなんと答えた？」

「お嬢さまは、ご弟妹はまだ幼いとおっしゃいましたが、その件について考えていらっしゃるようでした。しかも、教育を楽しめるものにしてもいいのではというわたしの提案に、興味をそそられているご様子でした。もしかすると、ご弟妹をロンドンのなんらかの娯楽施設に連れていかれるかもしれません」

「ジョーンズ嬢はぼくを嫌ってるんだよ、レインバード」

「なるほど」

「正式な訪問はできない。偶然出会いたいんだ。ジョーンズ嬢が行くつもりの場所をうまく突き止められるなら、おまえとおまえの〝家族〟で、好きなだけ自由時間を使っていいよ。ぼくが偶然出会えるような公共の場所がどこかあるならね」

「かしこまりました、ご主人さま」

「ぼくの依頼を奇妙だとは思わないのか？」

「わたしの立場からは申し上げられません」

「今だけ、立場は忘れてもいい」

「では勝手ながら言わせていただきますと、ご主人さまはたいへん賢明なことをなさっていると存じます。ジョーンズ嬢は少しばかりきびしいところがございますが、善良な貴婦人です」

「そのせいで、ぼくの仕事がますますむずかしくなるんだよ」

「思うに、わたしがもう一度訪ねて何冊か適切な本を差し上げても、ジョーンズ嬢はまったく怪《あや》しまないでしょう」

「ぜひ頼む」ガイ卿が言った。「何かわかったら、すぐに知らせてくれ」

使用人たちは、このおかしな事態の変化に興味を引かれ、喜んだ。ジョーンズ嬢は天から遣わされたに違いない、とみんなが言った。

「でも」ジェニーが、赤らんだ手にとがった顎をのせて忠告した。「すぐに取りかかって、できるだけうまくやらなきゃならないわ、レインバードさん。ご主人さまががっかりして、また羽目を外し始める前に」

翌日レインバードは、バークリースクエアでジョーンズ嬢に出迎えられた。まだ風邪が治っていなかったので、鼻と目が少し赤くなっていた。

エスターは、レインバードが持ってきた本を喜んで受け取った。「あなたの考えは、早くもすごく成功しているわ」愛想よく言う。「女性の使用人たちは、もっとロマンス小説が読みたいとねだっているの。わたしも一冊読んでみたけれど、とてもおもしろくてびっくりしたわ。双子にも、きびしすぎたと思っているの。勉強のしすぎは、しなさすぎと同じくらい悪いことかもしれない。あしたの晩、アストリー円形劇場に連れていくつもりよ」

アストリーは、テムズ川の東側にある、サーカスと演劇と見世物を組み合わせた人気の娯楽施設だった。

こんなに早く成果が上がったことに浮き浮きしながら、レインバードはその知らせを持ってガイ卿のもとに戻った。ガイ卿はふたたび執事を使いに出して、アストリーの特等席を二枚買わせた。ジョーンズ嬢が別の場所に座るかもしれないとは思いもしなかった。

しかしエスターは、〝できるだけ近く〟の席がいいというピーターの懇願に折れて、最前列の一画を三枚予約していた。

アストリーに到着したエスターは、自分が最前列にいるただひとりの女性で、騒々しい若者に取り囲まれていることに気づいて驚いたが、すぐさま冷たい目つきであらゆる口説《くど》きを抑えこんだ。武器として使うべき場合に備えて傘を握り締め、ショーを楽しむため席に着く。

それは、俗っぽさとお涙ちょうだいが入り混じった出し物だった。最初の芝居は、よこしまな領主が美しい乙女と未亡人になったその母を雪のなかに放り出す物語。ぴかぴかの紙吹雪が、舞台に降り注いだ。ヒロインはとてもか弱くきれいで、やたらと品よく泣いた。「なんてばかばかしい」エスターは心のなかでつぶやきながらも、胸にこみ上げるものを感じて苛立った。金モールと乗馬靴を身に着けた堂々たる姿のヒーローが登場すると、双子が大喝采を浴びせた。

エスターのずっと後ろに位置する側面のボックス席で、ガイ卿はオペラグラスを下ろしてロジャー氏に言った。「ジョーンズ嬢は最前列に座ってる！」

「本当に貴婦人なのか？」ロジャー氏が叫んだ。

「ああ、間違いなく。周囲の紳士たちがそれに気づくことを願うのみだよ」

「背がすごく高いね、それは認めるよ」ロジャー氏がオペラグラスで見ながら言った。「でも、あの帽子だけでみんなを怖がらせるにはじゅうぶんだな」

エスターは似合わない黒いスローチハットをかぶっていて、その縁は首の後ろまで垂れ下がっていた。

周囲の騒々しい若者たちは、エスターが芝居に没頭しているあいだずっと声高にこの女性を品定めしていたが、最終的に、きびしくお堅い家庭教師と見なし、あまり熱心に口説くとひどい悶着を起こしそうだと判断した。

もしエスターがこのまま平穏にショーを楽しんでいたなら、今後ガイ・カールトン卿と関わりを持つことは一切なかったかもしれない。しかし舞台裏で、運命のいたずらが別の筋書きを用意していた。

有名な女曲馬師マダム・シャルトルーズは、出番の準備をしていた。芝居はとても単純だった。ジプシーがマダムの子どもを誘拐する。子ども役は大きな人形だ。悪党が、法を逃れて盗賊団とともに潜んでいる林間のずた袋の山に〝子ども〟を放り投げる。馬で駆けつけたマダム・シャルトルーズが、白馬の鞍《くら》の上に立つ。それから身をかがめて〝子ども〟をつかみ、走り去る。拍手、そして幕。本来なら、そういう段取りのはずだった。

しかし、長年マダムと恋仲だったマネージャーのサイラス・マンチェスターは、マダムが出演者の若い俳優とつき合っていることに気づいた。サイラスは、マダムの出番直前に、そのことについて責めた。マダムは面と向かって笑い、あんたには飽きたわ、と言った。

芝居が始まった。悪党がマダムの子どもをさらった。マダムは泣き、その〝母親〟も泣き、雪が降った。ぴかぴかの紙吹雪が余っていたからだ。次の場面。人形は、悪党によってずた袋の山の上に置かれた。サイラス・マンチェスターは、這いつくばって舞台上にステッキを差し入れ、大きな人形の首に柄を引っかけて、そろそろと舞台の袖まで引きずった。それから立ち上がり、恋人が曲芸をだいなしにされたことに気づいたときの怒りの表情を眺めようとした。

ところで、人形は本物の子どもくらいの大きさで、赤い巻き毛をしていた。

マダム・シャルトルーズは、スパンコールをつけたチュチュと肌色のタイツを身に着け、馬で舞台に駆け上がった直後、鋭い目で人形がないことを見て取った。次の瞬間、最前列に座る赤い巻き毛のピーターに気づいた。ふだん女性出演者に色目を使うために来る男たちで占められている最前列に、きちんとした家柄の子どもが座っているとは考えもしなかった。考えていたなら、次に取ったような行動は絶対に取らなかっただろう。

マダムは鞍の上に立って、舞台上をぐるりと回った。舞台は最前列と同じ高さで、半円を描いてせり出していた。次にマダムは、流れるようなすばやい動きで、身をかがめ、たくましい片腕を差し出して、小さなピーターを引き上げ、鞍の上のとなりに立たせた。

ピーターは興奮でくらくらしながらマダムの太い脚に片方の手でしっかりしがみつき、もう片方の手をエスターに向かって思いきり振った。

「嘘だろう」ロジャー氏が言った。「ありゃひどい」ガイ卿はすでにボックス席を飛び出し、急いで前方へ向かっていた。

マダム・シャルトルーズはピーターを抱いて軽々と飛び降り、横に少年を立たせると、嵐のような喝采にお辞儀で答えた。マネージャーは舞台脇で歯ぎしりをして、どの俳優より悪党らしく見えた。

長年にわたってしっかり抑えられていたエスター・ジョーンズ嬢の癇癪《かんしゃく》が、爆発した。傘を握ると、舞台に突進して、マダム・シャルトルーズの頭に思いきり振り下ろしてから、座席に戻ろうとした。マダム・シャルトルーズはエスターの背中に飛びついて帽子をはぎ取り、おがくずのなかに放りこむと、その上に飛び乗って戦いの踊りのようなものを踊り始めた。エスターは、今や燃えるような赤い髪を肩に垂らしたまま、ピーターを妹のそばに座らせ、動かないようにときびしく言いつけてから、マダムのところへ戻って力いっぱい平手打ちしたので、女曲馬師は転んだ。マダム・シャルトルーズは、憎しみに目をぎらぎらさせて立ち上がった。

「勝負だ！　勝負だ！」観衆がやんやとはやし立てた。「きっとあの女戦士が勝つぞ！」ひとりの若者が、エスターを見つめながら有頂天になって叫んだ。「あの肩を見ろよ！」

ふたりの女性がふたたびつかみ合おうとしたところで、ガイ卿は舞台に駆け上がった。力強い手でふたりの手をつかみ、ぐいと引っぱって観衆のほうを向かせる。

「お辞儀！」ガイ卿は荒々しく命じた。「お辞儀をしろ、ふたりとも」

エスターはぼんやりとお辞儀をした。マダム・シャルトルーズはすぐさまこの状況の利点をのみこみ、同じようにお辞儀をした。

割れんばかりの拍手喝采が起こった。金《かね》と宝石が舞台に投げこまれた。

観衆の誰もが、すべての場面は意図的に演出されたものと考えていた。

エスターは身を震わせ、吐きそうになってきた。わたしは何をしたの？　エイミーとピーターは最前列でぴょんぴょん飛び跳ね、声をからして喝采していた。

「ふたりを連れていこう」ガイ卿はエスターの耳にささやいた。「帰る時間だ」

ガイ卿は観衆に優雅に手を振って、マダム・シャルトルーズの手を離したが、エスターの手はぎゅっと握り続けていた。エスターは力なく中央通路を導かれていき、ピーターとエイミーはガイ卿の上着の裾につかまった。まるで音のトンネル、拍手の森を貫く細い一本道を歩いているかのようだった。

ロジャー氏が人込みをかき分け、あたりを見回してこちらに加わろうとしたが、ガイ卿は首を振った。

通りに出ると、エスターは頭を垂れて、震えながら立ち尽くした。「きみの馬車はどこだ？」ガイ卿はきいた。

「貸し馬車で来たの」

「マニュエル」ガイ卿は呼んだ。従者が、すぐそばに現れた。「馬車だ、急げ」ガイ卿は命じた。

ピーターとエイミーは黙りこんでいた。心配そうに姉の顔を見上げる。何かひどくまずいことが起こったらしい。しかしふたりはそれでも、エスターがなんらかの巧みな驚くべき方法で、すべてを計画したのだと信じていた。

「どうぞ、放っておいてください」エスターは小声で言った。

「子どもたちのことを考えないと」ガイ卿は言った。「夜風は冷たい。ぼくの馬車は屋根つきだよ」

エスターはそれ以上何も言わなかったが、頭を垂れて豊かな赤い髪で顔を隠したまま立っていた。

ガイ卿は、シーズンのために屋根つきの馬車を借りたことをありがたく思った。競走用二頭立て二輪馬車は晴れた日にはとても快適だが、冬のような今春の夜間の外出には向いていなかった。

まずエスター、次に子どもたちに手を貸して馬車に乗せ、御者にバークリースクエアへ向かうよう命じる。

エスターは恥ずかしさのあまり、穴があったら入りたい気持ちだった。ロンドンの上流階級の人々の前で洗濯女のようにふるまい、今度は放蕩者に自分と大切な弟妹を家まで送ってもらおうとしている。

「今夜は楽しかったかい、きみたち？」ガイ卿が弟妹に尋ねるのが聞こえた。

「今までで、いちばんわくわくする夜だったよ」ピーターがもったいぶった調子で言った。「すごいや、エスター、あんなご褒美《ほうび》を用意してくれるなんて」

エスターは目を上げ、説明しようと口をあけたが、馬車の外についているろうそく灯の明かりで、ガイ卿がそっと首を振るのが見えた。

「楽しんでくれたならよかった」エスターはぎこちなく言った。

エイミーが姉を抱き締めた。「大好きよ、エスター。こんなにおもしろかったの初めて」

エスターは顔を背けて、突然あふれてきた涙をまばたきで抑えた。これまで、孤独な生活を送りながら、弟妹のためにできるかぎりのことをしてきた。ずっと、いくらかでも愛情を表に出してほしいと思っていた。ひとつのとんでもなく恥ずかしい行為のおかげで、夢に見ていたあらゆる愛情の言葉が引き出されたわけだ。

「ぼくもさ」ピーターが言って、エスターの手を握り締めた。「さすがだね、エスター。心臓が爆発するかと思った。それに、ぼくを信じてくれたんだね。馬の上に持ち上げられたとき、大人の男になったって気がした。それから、お姉さまとマダムのけんか、お芝居にはぜんぜん見えなかったよ。お姉さまがぶつまねをしたときの、マダムの転びかたはものすごくじょうずだったな」

馬車がバークリースクエアに着くと、エスターは背筋を伸ばしてガイ卿の視線を避け、こわばった声で言った。「本当にお世話になりました」

「お役に立てて光栄です」ガイ卿が応じた。

エスターはガイ卿を追い払いたかったが、同時に、たとえ堕落した放蕩者であっても、上流社会の誰かからの励ましがどうしても欲しかった。

「お飲み物でもいかがですか？」エスターは言った。

「ありがとう。ご親切に」

屋敷に入ると、エスターはガイ卿を薄暗い応接室に招き入れてから、興奮状態の弟妹を二階に連れていった。ナースメイドに預ける前に、使用人の誰にも今夜のことを話さないように頼んだ。「ものすごく突飛《とっぴ》で型破りなことをしたから」ぎこちなく締めくくる。

「誰にも言わないよ、な、エイミー？」ピーターが言った。「これまで、大事な秘密を教えてくれたことってなかったよね、エスター」

ナースメイドにふたりを任せたあと、侍女を呼び、手を貸してもらってドレスを着替え、髪をまとめて縁なし帽をしっかりかぶり、ガイ卿と向き合うためにふたたび階段を下りた。

今夜はしきたり破りの晩だった。未婚で付添い人もいないのだから、扉をあけておくべきなのはわかっていた。しかし、自分がこれから言うことを使用人の誰かに聞かれるのが怖かったので、ワインとケーキが運ばれたことを確かめると、扉を閉じた。

ガイ卿が、グラスにワインを注いで差し出した。エスターは、生まれてこのかたレモネードより強いものは飲んだことがないと言いかけたが、まだ震えていたのでグラスを受け取り、ガイ卿に座るように頼んだ。

「この部屋は、あまり使われてないようですね」ガイ卿は言って、彫刻入りで背もたれが高いジャコビアン様式の窮屈で奇怪な椅子に腰かけた。

「いいえ、むしろ」エスターは無意識にワインを飲みながら言った。「しょっちゅう使っていますわ」

ガイ卿はあたりを見回した。部屋のなかでひときわ目立つのは、大きな聖書がのった説教壇のようなものだった。窓のカーテンは、まるで血に浸したかのように重く赤くこわばっていた。炉棚は黒い大理石製で、その上に置かれた時計もそうだった。暖炉の上には、地味な服装の不機嫌な顔をした男性の肖像画が掛かっている。男性はおごそかに自分の耳を指さしていて、まるで医者に痛む場所を教えているか、世界全体がいかれていることを伝えているようだった。

「お父さまですか？」ガイ卿は丁重に尋ねた。

「いいえ、違います」エスターはいつもの調子に戻って言った。「偉大なプロテスタント改革者のおひとり、アイザック・シドカップ師です」

エスターがグラスのワインをほとんど飲み干したことに気づき、ガイ卿がお代わりを注いだ。

ガイ卿がふたたび腰を下ろして、形のよい脚を組んだ。近ごろの女性の服装が下品だとかなんとか人は言うけれど、とエスターは心のなかでつぶやいた。男性のほうこそすごくぴったりしたズボンをはいていて、ほとんど想像の余地がないくらいだわ。

エスターは疑わしげにワイングラスをにらんだ。説教師がワインの有害な影響について警告するのは、こういうわけだろうか？　男性の脚について考えさせているのは、ワインなの？

エスターは顔を上げ、ガイ卿が慈しむような、おもしろがるような目で自分を観察していることに気づいた。なんてハンサムな人だろう。息をのんで胸につぶやく。

エスターは必死になって、どうにか気を落ち着けた。

「ガイ卿」エスターは言った。「今夜のできごとや、わたしが付添い人なしでおもてなしをしたこと、誰にも話さないようお願いいたします」

「固くお約束します」

「それでも、どうすれば秘密にできるのかわからない。あすにはロンドンじゅうが、今夜の話で持ちきりでしょうね」

「彼らが熱心にうわさするのは、大興奮させられた芝居らしきものについてです。自分たちの見た女優が、バークリースクエアに住む身分のある貴婦人だとは思わない。一週間、社交上のつき合いはお避けなさい。それくらいたてば、みんなそのことは忘れてしまう」

「社交上のつき合いは何もありません」エスターは言った。「あなたのところの風変わりで優秀な執事が、もしかすると将来に――弟と妹の将来に――目を向けて、社交界に友人をつくるべきかもしれないと勧めてくれました。わたしは貴族ではないのですけど」

「でも、明らかに紳士階級のお生まれでしょう。あなたに門戸を閉ざす人はいません。適切な方法で始めさえすれば」

「それで、適切な方法とは？」

「パーティーを開くのです。どう進めるかはうちの執事に尋ねるといいでしょう。テーマを決めて、部屋を飾りつけ、社交界の人たちの興味をそそる娯楽を提供しなければならないらしい」

「でも、知り合いなんてひとりもいないわ！」

「豪華な浮き出し加工を施した招待状を送るんです。ロンドンには楽しみが少ないですからね。レインバードなら、誰を招待すべきか知ってるでしょう」

「ご親切にありがとう」エスターは、面談が終わった合図として立ち上がった。

「またお訪ねしてもいいですか？」ガイ卿はきいた。

「それは認められません」エスターはきびしく言った。「弟と妹の品行について考えなくてはなりませんから。あなたは放蕩者でしょう」

「放蕩者は改心できます」

エスターは、無意識にレインバードをまねて首を振った。「それが起こるのは、本のなかだけです」悲しげに言う。「本のなかだけ」

ガイ卿は馬車を帰し、ゆっくり歩いてクラージズ通りに戻った。あのいまわしい夕食会のせいで！　あのスキャンダルから、もう二度と逃れられないのか？

レインバードが玄関広間で出迎えた。

「お帰りなさいませ、ご主人さま」執事は言って、ガイ卿の外套《がいとう》を受け取り、影のなかで顔をしかめて立っているマニュエルには気づかないふりをした。

「ただいま、レインバード。ロジャーさんは帰ってるかな？」

「まだお戻りになりません」

「よし。来てくれ、レインバード。できるだけ早く、またバークリースクエアに行ってほしいんだ」

5

「さあ、さあ」トムの父は言った。「おまえくらいの年になれば、
さように放蕩者を演じる口実はもうなかろう――
息子よ、妻を迎えることを考えるべき時だ」――
「ええ、まったくです、お父さん――誰の妻を迎えましょう?」

――トマス・ムーア

レインバードはまたもや、エスター・ジョーンズ嬢と向き合って座っていた。アストリー円形劇場では楽しまれましたか、と丁重に尋ねたところ、驚いたことにジョーンズ嬢は、その無害な質問に頰を赤らめた。

レインバードはすばやく話題を変えて、どんなお役に立てるでしょうかと尋ねた。

「あなたのご主人が何を話したのかはわからないけれど」エスターは言った。「じつは、あなたの忠告を受け入れて、社交界にデビューしたいと思っているの」

「その件につきましては、わたしもじっくり考えてみました」レインバードは言った。「ご主人さまがそのお話をなさっていましたので。たとえば、子どもたちのパーティーを開くのはよい考えかと存じます。バークリースクエアには、上流階級のお子さまがたくさんいらっしゃいます」

「なんてすばらしい思いつき！」エスターは叫んだ。それから、顔をうつむけた。「でも、どこからどうやってみなさんを招待すればいいの？　ピーターにもエイミーにも、ほかの子と遊んではいけませんなんて言って、後悔しているわ」

「まず、わたしのほうで地固めをする必要があるでしょう」レインバードは言った。「そのために、ふたつばかり無作法に思える質問をさせていただかねばなりません」

「どうぞ」

「ご婚約はされていますか？」

「いいえ、レインバードさん」

レインバードは、〝さん〟づけで呼んでもらったことをうれしく思って微笑んだ。こういう小さな敬意のしるしには、どんなに気前のよい心付けよりも大きな意味がある。

「それから」レインバードは続けた。「暮らし向きは豊かでいらっしゃいますか？」

「ええ、とても。ひとつ罪を告白しなくてはならないわ。証券取引所で投機をしているの。シティー界隈《かいわい》では、わたしの財産はロスチャイルドの財産に匹敵すると言われているわ」

「でしたら、お嬢さま、そういう事実を広めれば、難なく社交界の注目を集められると存じます」

「誰も彼もが、そんなに欲得ずくなの？」

「概してそのとおりです。もちろん、うちのご主人さまは、そういう世俗的なものごとを超えた考えをお持ちですが」レインバードは言って、首を傾け、探るようにジョーンズ嬢を見つめた。

しかしエスターは、餌《えさ》には食いつかなかった。「それであなたは、心をそそるその事実をどうやって広めるつもり？　《モーニング・ポスト》に広告を出すわけにもいかないでしょう」

「使用人のうわさ話は、うまく使えばとても役立つものです」レインバードは言った。「今夜わたしが飲みに出かけて、うわさを流します。あすまでには、バークリースクエアじゅうの人が、ジョーンズ嬢の存在を知っているでしょう」

「それからわたしが、子どもたちのパーティーの招待状を送ればいいのね」エスターは目を輝かせて叫んだ。「すばらしい思いつきだわ！」


「なんてばかげた思いつきだ」レインバードが帰って報告すると、ガイ卿は不機嫌に言った。「子どもたちのパーティーだって！　ぼくになんの得がある？」

「社交界の子どもたちのパーティーに出席されたことはありますか、ご主人さま？」

レインバードは尋ねた。

「いいや。おまえはあるのか？」

「はい、あります。この仕事に就く前、わたしは屋外市の軽業師、さらには手品師、奇術師として働いていました。ロンドンを訪れて、子どもたちのパーティーのもてなし役として雇われたことがあります。もう少しで倒れるところでした」

ガイ卿がいたずらっぽく目を光らせた。「それで美しいジョーンズ嬢は、自分がどんなことに向き合わされそうかわかってるのか？」

「いいえ。ジョーンズ嬢は、きびしい子守と家庭教師に付添われたメイフェアの子どもたちしか見たことがありません。いたいけな子どもたちが、猫かわいがりする母親といるときどんなふうになるかを見たことはないのです」

「ぼくはどこで入っていけばいい？」

「そうですね、パーティーが始まってだいたい三十分後にいらしてください。偶然通りかかったご主人さまを、わたしが見つけることにします」

「で、ぼくが飛びこんで助けるのか？」

「そうです。きっぱりした態度ときびしく言い聞かせる口調で、その場を仕切ってください」

「おまえは招待されたのか？」ガイ卿はきいた。この執事は、引き締まった体つきとひょうきんな顔立ちをした魅力的な男だ。ジョーンズ嬢はもしかして……？　ガイ卿は悪態をつきそうになった。使用人にまで嫉妬するようになるとは。

「はい」レインバードは答えた。「わたしはもてなし役です。ご主人さまの料理人、アンガス・マグレガーがその日のために雇われました。手の込んだ菓子をつくるのが、すばらしくうまいのです」

「ジョーンズ嬢は、ぼくの使用人を借りなければならないほど、必要な使用人の訓練がきちんとできてないのか？」

「その場に適した使用人が必要なのです」レインバードは答えた。「みんなが同じ能力を持つわけではないのです、ご主人さま」

「ああ、わかるよ。ぼくの言いかたは意地悪だったな」

「ジョゼフが、子どもたちにアイスとゼリーを配ります」レインバードは天井を眺めた。「ジョゼフは繊細な性格で、女性と子どもがひどく苦手です」

玄関のノッカーをこつこつ鳴らす音が聞こえた。

「マニュエルに応対させろ」ガイ卿は言った。

「ご主人さまがお戻りになってすぐ、従者は出かけました」

「だったら、誰だろうと追い返してくれ。訪問者に会う気分じゃない」

数分後にレインバードが戻り、トレーにのせた銀色の名刺をガイ卿に差し出した。

「レディ・デベナムが、お子さまたちの家庭教師を連れていらっしゃいました。ご主人さまとの面会を強く求めていらっしゃいます。家庭教師が、ジョゼフにひどい侮辱を受けたと主張されています」

「繊細な性格のジョゼフのことか？」

「そうです」

「会わなきゃだめかな？」

「そのほうがよろしいかと」レインバードは答えた。「レディ・デベナムは五二番地にお住まいですから」

「わかった。通してくれ。ジョゼフもな」

レディ・デベナムが部屋に入ってくると、ガイ卿は立ち上がった。

家庭教師と異常なほどよく似ていて、険しい顔立ちと傲慢《ごうまん》な態度をしている。取り澄まして椅子に腰かけると、ハント嬢がその後ろに気をつけの姿勢で立った。

「かわいそうなハントさんに対する侮辱を確信しなければ、ここへは参りませんでした」レディ・デベナムが切り出した。

ジョゼフがこそこそと入ってきて、惨めな顔で立った。

「何があったのか、どうぞお話しください、レディ・デベナム」ガイ卿は言った。

「おたくの従僕が、もうひとりの従僕と連れ立って、ハントさんに言い寄ったのです。おたくの従僕が無礼にも絹の薔薇を贈ろうとしたので、ハントさんはもちろん断りました。ふたりのどちらかが、彼女に向かっておぞましいことを叫びました。ハントさんはとても感情が細やかです。無事に屋敷に戻ったとたん、発作を起こしました。それでわたくしの感情も害されましたので、こんな屋敷に足を踏み入れることになりました。勝手ながら言わせていただきますけど、あなたは奇行の数々でメイフェアの名を汚《けが》していらっしゃいますわ。さらに勝手ながら言わせていただきますけど――」

ガイ卿は片手を上げた。

「もうけっこう！　ジョゼフ、ここへ来い！　おまえもしくは、そのもうひとりの従僕は、正確にはなんと言ったんだ？」

「ぼくじゃありません、本当です、ご主人さま。ルークが言ったんです」ジョゼフはすり足で進み出ると、うなだれて立ったまま言った。

「ぼくに向かって話すときは、顔を上げろ！」

ジョゼフは顔を上げた。目には涙が光り、唇は震えていた。

「もう一度きく。そのルークという男は、なんと言ったんだ？」

「ぼく……ぼくはプレゼントとして、ハントさんに絹の薔薇をあげたんです。そしたら」ジョゼフは哀れな様子で言った。「ハントさんは何も言わずに眉をつり上げて、背中を向けました。ルーク、は……は……」

「さあ、さあ。言ってしまえ！」

「ルークは言ったんです、〝きっと、よ、よごれた、し、下着を、は、はいてやがるんだ〟って」ジョゼフは言って、すすり泣いた。

ガイ卿は片眼鏡を取り出して磨き、片方の目に当てて、険しい顔のハント嬢をじっくり眺めた。

「で、そうなのか？」ガイ卿は穏やかに尋ねた。

「はい？」ハント嬢がきき返した。

「よごれた下着をはいてるのか？」

レインバードはすばやく背を向けて、ゆるんだ口もとを隠した。ジョゼフはあんぐりと口をあけた。

レディ・デベナムは、新しい蒸気機関の一種のような、ポッポッという奇妙な声をあげ始めた。そしてシュッシュポッポという音のあいだから、突然叫んだ。「よくもまあ、そんなことを！」

「ぼくの屋敷に入ってきて、ぼくを侮辱すれば」ガイ卿は無頓着に言った。「お返しに侮辱されることを覚悟しなければならない」

「あなたは、あなたの使用人たちと同じくらい下品ですわ」

「そしてあなたは、あなたの使用人とまったく同じ、苦虫を嚙みつぶしたような顔の無礼な陰気くさいおばさんですよ」

「行きましょう、ハントさん」レディ・デベナムが叫んだ。

「発作が起きそうです」ハント嬢がよろめいた。

「しゃんとなさい」レディ・デベナムが命じた。「発作を起こす権利があるのは、あなたではなくわたくしです」

レディ・デベナムがすばやく外へ出ていき、あわてて扉をあけたレインバードとぶつかりそうになった。

レインバードはふたりを見送ってから、表の居間に戻った。笑ってはいけないと思ったが、体の奥から笑いがこみ上げてきた。

「さて、ジョゼフ」ガイ卿は言った。「友だちの選択と恋人の選択を間違ったようだな。いったいどうして、あんな意地悪女に高価なプレゼントをあげたいと思ったんだ？」

ジョゼフが頭を垂れた。「ほんとはハントさんにあげたかったたんじゃないんです。リジーにあげたかったんです」

リジー？　とガイ卿は考えた。それからぱっと表情を明るくした。リジーとは、ジョーンズ嬢をすっかり感心させたあのスカラリーメイドだ。

「ふむ」ガイ卿は言った。「うちのリジーは、何か触媒《カタリスト》みたいな働きをする子なのかな」

「いいえ」ジョゼフが言った。「リジーはカタリ派じゃなくてローマカトリック教徒です」

「なるほど、リジーのために薔薇を買ったのなら、どうしてハントさんにあげる？」

「ルークに嘘をついたんです。ルークは、となりのチャータリス卿の第一従僕です。リジーのためって言えませんでした。ぼくは従僕だから」

「なぜ言えない？」

ジョゼフが顔を赤らめて黙りこんだ。レインバードは助け船を出した。「ジョゼフが言おうとしているのは、使用人部屋の序列では、スカラリーメイドが従僕よりずっと下だということです。たとえるなら、ご主人さまが酒場の女給に上等な贈り物を買うようなものなのです」

ガイ卿は目をぱちくりさせた。自分はよく、上の者にへつらい下の者を蔑む社交界に苛立つことがある。そういう階級制の厳格な区分が地階にもあるとは考えもしなかった。

「ルークを罰することはできない」ガイ卿は言った。「それはチャータリス卿の仕事だ。おまえは腹立たしいやつだよ。ぼくまで頭が変になったらしい。生まれてこのかた、貴婦人にあんなぶしつけなことを言ったのは初めてだ。ここから出ていって、ぼくがペラム公爵の代理人におまえに関する苦情を言わないでいることを幸運だと思え」

「ありがとうございます、ご主人さま」ジョゼフが言って、そそくさと逃げ去った。

ガイ卿は執事を振り返った。「さて、レインバード」と切り出し、ふと口をつぐむ。

レインバードの顔が引きつり、目には涙が光っていた。

「なんだよ、笑いたけりゃ笑え」ガイ卿はため息をついた。

レインバードは笑い始めた。最初は抑えたくすくす笑いだったが、最後にはばか笑いになった。頰に涙を流しながら、両脇を押さえて止めようもなく笑った。

ガイ卿も笑い始めた。笑っていたのは、レインバードの笑いに釣られずにはいられなかったから、そしてバークリースクエアのきびしい女神のおかげで、世界が突如として輝かしくすばらしい場所になったからだった。


使用人たちはジョゼフから、何があったのかを簡単に説明された――とはいえジョゼフは、プレゼントが本当はリジーのためだったことを言わなかった。マニュエルが戸口からするりと入って輪に加わったので、会話に水を差された。みんながどうやって追い出そうかと考えているとき、レインバードが入ってきて、マニュエルに言った。

「新聞をいじくり回しているのか?」

「はあ? なんのことか、さっぱり」マニュエルが言った。

「こういうわけだ。《モーニング・ポスト》と《ニューズ》が毎日配達される。ご主人さまは読み終わると、使用人たちのところへ持っていくようわたしにくださる。アンガスが言うには、ある記事が一方の新聞からはさみで切り取られていた」

マニュエルが肩をすくめた。「ご主人さまですよ。なんかのために、欲しがるんです」

「ご主人さまではなかった。わたしが尋ねた。わたしたちの誰かでもないから、残るはおまえだ」

「行かないと」マニュエルは言って、扉の外に消えた。

「妙だな」レインバードは言った。「しかし、おかげで追い払えた。すごい話があるぞ！」

使用人たちは、レディ・デベナムとその家庭教師がやりこめられた話に大笑いした。リジーだけは、まだ傷ついていたので笑わなかった。レインバードは、本当はリジーのために薔薇を買ったことをジョゼフが直接本人に話すべきだと考えたので、その部分は省いた。

そのあとレインバードは、ジョーンズ嬢との面談について話した。

みんなが笑い、うわさ話をし、計画を立てた。ジョゼフがマンドリンを出し、陽気な曲を弾き始めた。

ガイ卿とロジャー氏は部屋の外で立ち止まり、地階から流れてくるにぎやかな音楽に耳を傾けた。

「知ってるかい、トミー」ガイ卿は言った。「階下には、まったく別の人生があるんだよ」

エスターは、事業管理人たち、つまり株の売買について〝隠れみの〟になってくれる紳士たちに、シーズンが終わるまでこれ以上取引はしないと伝えておいた。最近まで、お金は心身のよりどころだった。父がくだらないものごとに浪費するその光景は、エスターの心に深い傷を残した。しかし今こそ、財布の紐をゆるめる時だ。ピーターとエイミーのためよ、ときびしく自分に言い聞かせる。

人生で初めて、女性の付添い人がぜひとも必要だと感じた。父の恥ずべき暮らしぶりのせいで、大人になるまでずっと、近所の若い貴婦人たちからは遠ざかっていた。しかし今は、服を選ぶ手助けをしてくれる人が欲しかった。

それでも、意を決してロンドンの一流の仕立屋をバークリースクエアに呼び、新しい衣装一式を注文した。そしてオペラのボックス席の予約を申し込み、確保した。レインバードの折よいうわさ話がなければ、社交クラブ〈オールマックス〉と同じくらいイタリアオペラの会員を厳選している、きびしい委員会に拒絶されていたはずだとは知らなかった。

エスターはもう二十六歳になっていて、縁なし帽をかぶり、オールドミスとしての人生を受け入れるつもりだったが、オペラに付添い人なしで現れれば変人扱いされることはわかっていた。切羽詰まって、問題を解決できるかもしれない唯一の知り合い、レインバードを呼びにやった。

少なくとも子どもたちのパーティーについては、成功に向けて万事整っているようだった。招待状が送られ、全員から出席の返事をもらった。

エスターが自分の社交界デビューを心配していたころ、ガイ卿は自分の計画を著しく妨げられることになった。

ぼんやりとしか記憶にない中年の従姉《いとこ》が、ガイの父、クラムワース侯爵からの手紙を携え、旅行かばんを持って屋敷に到着したのだ。名前はルース・フィップス嬢。まるまると太って、愛想がよく、老けた顔をしていて、歓迎されると確信していた。

「お父さまがすべて説明してくださいます」フィップス嬢が言った。「親切な家政婦のミドルトン夫人が、食堂のとなりの大きな寝室を使うよう勧めてくれたの。あなたとロジャーさんは、上階の寝室を使っているからって」

「なるほど、そうですか」ガイ卿は、フィップス嬢が消えてくれればと願いながらも、愛想よく言った。アリスが従姉にお茶を出して部屋を立ち去るまで待ったあと、父からの手紙をあけた。

侯爵は、ガイがロンドンの貸屋敷の住所を伝えたポルトガルからの手紙を受け取った、と書いていた。続けて、領地に関するたくさんのとりとめのないうわさ話を書き綴《つづ》り、結びにはこうあった。〝我々の貧しい親類のひとり、従姉のフィップス嬢をおまえのもとに送る。わたしがこの年までそばに置いていたが、そろそろおまえにも家族の扶養者の面倒を見る責任を分担してもらう時だと感じている。熱病の影響にまだ苦しんでいるなら、従姉が看病してくれるだろう。また、おまえの大叔母であるジョゼフィンも、そちらへやるかもしれない。しかし、もし妻を迎えて――ほかの誰かの妻という意味ではない――わたしを喜ばせてくれるつもりなら、フィップス嬢を呼び戻し、ジョゼフィン大叔母との同居は勘弁してやろう〟

ガイ卿は手紙を置き、フィップス嬢に向かってわびしげに微笑んだ。従姉が軽くうなずき、笑みを返した。

レインバードが部屋に入ってきた。「内々で少しばかりお話をよろしいでしょうか、ご主人さま？」

最愛の人についてのさらなる知らせだと確信したガイ卿は、従姉に中座を詫びて、レインバードを玄関広間へ連れていった。

「ご主人さま」レインバードが低い声で言った。「ジョーンズ嬢が、ふたたびわたしに助言を求めてきました」

「何について？」

「ジョーンズ嬢は社交界にデビューしたいと考え、家柄のよい女性の付添い人を必要としているのです」レインバードは、閉じた居間の扉を意味ありげに見た。「そしてご主人さまは、従姉さまから突然のご訪問を受けました」

「マキアヴェリ（イタリア・ルネサンス期の政治思想家。目的のためには手段を選ばない策謀家の代表のように言われる）って知ってるかい、レインバード？」

「はい。どこかのイタリア人でございましょう?」

「ああ、そうだ。ここで待っててくれ」

ガイ卿は口もとに人を惹きつける笑みを貼りつけて、居間に戻った。「ぼくの敬愛するフィップスさん」と声をかける。「心から敬愛するフィップスさん。ぼくのために、ある務めを果たしてほしいんです。かなりの大金が得られる仕事で……」

6

彼らは笑い、楽しげで、手に負えない。

——ヘブリディーズ諸島の民謡

エスターが主催する子どもたちのパーティーの日は、晴れた寒い日だった。レインバードとアンガス、ジョゼフは朝早くバークリースクエアに行き、準備を始めた。子ども用の菓子に加えて、母親用のケーキ、そしてラタフィア、シャンパン、ニーガスなどの飲み物を用意しなければならなかった。

パーティーは、一階の応接室で開かれることになった。母親たちには、二階の居間でくつろいで軽食を取ってもらう予定だった。パーティーは二時に始まり、四時に終わる。ガイ卿は、二時半きっかりに屋敷の前を通りかかることになっていた。

エスターの付添い人として雇われたフィップス嬢は、策略には加わっていなかった。ガイ卿との関係は、隠すように言われていた。この重大な約束を憶えておいてもらうため、ガイ卿はかなりの金額を支払った。エスターは普段なら徹底的に質問して身元を確かめるまでは誰かを雇うことなど考えもしなかっただろうが、社交界に乗り出すことがひどく不安で、レインバードがこれほど急な依頼にもかかわらずこれほど適任の女性を見つけてくれたことに感謝するあまり、十分ほど質問しただけでフィップス嬢を雇った。

こうしてガイ卿の従姉は快適な暮らしを送れるようになり、人生で初めて自由に使える金を手に入れた。穏やかで多くを求めない性格だったが、たっぷり用意された食事が大好きで、クラムワース侯爵家の食卓は自分の好みには乏しすぎると思っていた。貧しい親類として、他人の家庭に静かに適応することには慣れていた。またフィップス嬢は、自分の装いについてはまったく無頓着だが、自分以外の人の最も見栄《みば》えがする装いに目が利く女性のひとりだった。エスターは、フィップス嬢いわく〝不適切な色の選択〟を理由に、何枚かのドレスを返品するよう説得された。付添い人の優れた判断に従って、エスターが濃い紫色と焦げ茶の陰鬱な色合いのドレス二枚を返品したので、フィップス嬢は大いに満足した。

すべてはレインバードの作戦どおりに進んでいるようだった。

ところが、その朝執事が出かけた直後、ガイ卿は近衛騎兵連隊に呼び出された。

「なんの用だろう？」ロジャー氏がきいた。

「ウェリントン将軍と連絡を取ろうとしてるのかもしれない。近衛騎兵連隊の軍人はいつも、現場の司令官よりロンドンからのほうがうまく戦いを指揮できると考えてるんだ」ガイ卿は言った。「そうそう、あるいは、将軍の兄のスキャンダルに関することかもしれない」

ウェリントンの兄である初代ウェルズリー侯爵は、スペイン大使に任命されたとき、平民の娼婦サリー・ダグラスのために別の船を借り上げて威風堂々と任地に赴き、国家的な騒ぎを起こしていた。

「あまり長く待たされないといいんだが」ガイ卿は言った。「呼び出したのはウォレン・トムソン将軍だ。年寄りだし、年寄りたちはいまだにウェリントンを血の気の多い若造だと思ってるからな」

友人ふたりが近衛騎兵連隊の司令部に着くと、ガイ卿は待つように命じられた。一時間も待合室のなかを行ったり来たりしたあと、ようやく将軍のオフィスに呼ばれた。ロジャー氏は腰を落ち着けて待った。まぶたが重くなり、うつらうつらし始めたとき、マニュエルが扉に耳を押し当てて立っているのが見えた気がした。

ロジャー氏はぱっと背筋を伸ばして、目を見開いた。しかしマニュエルは窓のそばに立って、むっつり外を眺めていた。

ロジャー氏は、スペイン人の従者をじっと見た。もちろん、そんなにすばやく移動はできないはずだ。自分の思い過ごしだろう。しかし、念のため……。

「おい、マニュエル」ロジャー氏は言った。「使いに出て、葉巻をいくらか買ってきてくれ。長く待たされることになりそうだから」

マニュエルは虚ろな目をしてじっと立っていた。一瞬ロジャー氏は、断られるのではないかと考えた。けれどもマニュエルは小さく肩をすくめ、会釈して去った。

ロジャー氏は椅子を持ち上げて将軍のオフィスの前に運び、扉に椅子をもたせかけてからゆったり座った。あのスペイン人についてガイにひとこと言っておくべきだな、という考えが、眠りに落ちる直前に頭に浮かんだ。

レインバードの指示で、エスターは五組の貴婦人と子どもたちを招いていた。子どもたちは三歳から十四歳まで、総勢二十人だった。レディ・パートレットが五人、ハヴァーズ＝ダニース夫人が六人、レズウェイ伯爵夫人がふたり、ダンスタブル夫人が四人、フレンチ夫人が三人の子どもを連れてきた。

五人の貴婦人はみんな最新流行の衣装で着飾っていたが、冷淡な声ととらえどころのない目をしていた。その視線はあちらこちらへすべり、家具やカーテン、エスターの新しいドレス——よく似合う緑色のクレープのドレス——を品定めした。エスターの髪はギリシャ風に整えられていた。すばらしく背が高く、少しきびしくはあるが美しい顔立ちのエスターは、これまで以上にガイ卿が夢見る女神らしく見えた。

子どもたちは一階の応接室に集められ、行儀よくして余興を楽しむように言われた。エスターは階下にとどまってレインバードの曲芸を見たかったが、がっかりしたことに、居間で母親たちをもてなすことを求められた。

五人の貴婦人は、自分たちのために用意されたごちそうのすばらしさや、シャンパンの上等さについて、何度もうれしそうに猫なで声で褒めた。それから、女主人に注意を向けた。特に今シーズン流行の羽毛のせいもあって、まるで何十羽もの優雅で魅惑的な猛禽類《もうきんるい》のように、エスターを取り囲む。白いマラボーの襟から骨ばった首を鷲《わし》のように伸ばしたレズウェイ伯爵夫人は、エスターが社交界のあれこれや誰彼を何も知らないことに、最初に気づいた。

「あら、ジョーンズ嬢」伯爵夫人は、唇でつつくように少しずつシードケーキを食べながら言った。「ジョージさまのことはご存じのはずよ」

〝ジョージさま〟とは、有名な流行の権威ブランメル氏のことだが、エスターは有名人をファーストネームで呼ぶ社交界のならわしに慣れていなかったので、ぽかんとしていた。

「残念ながら、ほとんどどなたも存じませんの」エスターは控えめに言った。

女性たちの目が喜びに輝いた。口々に「あらまあ、でもご存じのはずよ」と言いながら、エスターに田舎娘になったかのような気分を味わわせる楽しい仕事に取りかかる。あまりにもひどい屈辱を感じていたので、階下から響いてくるすさまじい悲鳴やわめき声、ドタンバタンという音がエスターの耳に届くまでには少し時間がかかった。今にも立ち上がって何ごとか見にいこうとしたとき、物静かなフィップス嬢が咳払いをして、思いがけずエスターを弁護し始めた。エスターは目を見張った。フィップス嬢を必要な付添い人と認めていたが、擁護者の役割をしてくれるとは思いもしなかったからだ。

フィップス嬢が論争に加わったことなどこれまでに一度もないと知ったら、エスターは驚いて感動しただろう。この中年の独身女性は、短い期間でエスターをとても好きになっていたのだった。

「ジョーンズ嬢は、まだどなたもご存じありません」フィップス嬢が言った。「その理由は、ジョーンズ嬢がイギリス一裕福な女性として、おべっか使いや商店の売り子、上流階級の貧しい人々を遠ざけなければならなかったからです。お嬢さまは、ご自身と他のかたがたに、とても高い行動基準を設けていらっしゃいます。ジョーンズ嬢が、社交界に認められる必要はありません。きょうは、社交界がお嬢さまのお眼鏡にかなうか試されているのですわ、奥さまがた。ジョーンズ嬢が社交界を信用なさるかどうかは、奥さまがたにかかっているのですよ」

エスターは懸命に、落ち着いて堂々として見えるように努めた。初め貴婦人たちは、誰かが自分たちを試すなどという考えにむっとした。しかし、使用人の大げさなうわさ話だと半分ばかにしていた魔法の言葉が、魅惑的な歌のように耳に残った――〝イギリス一裕福な女性〟。

貴婦人たちはいっせいに態度を一変させて、招待の約束をしたり、エスターのドレスや作法、髪形、屋敷を褒めたりし始め、とうとうエスターは、先ほどみんながとことん意地悪だったときに感じたのと同じくらい、何もかもを不愉快に感じるまでになった。

そのとき、居間の扉がさっとあき、ケーキまみれになったピーターが現れた。

「早く来て、エスター」弟が叫んだ。「あいつら、うちを壊してる。みんな野蛮人だよ！」

「髪！」ガイ卿は、ロジャー氏とともにバークリースクエアの方向に馬車を猛烈な勢いで走らせながら憤然と言った。「髪だって！　あの爺《じい》さんが話したかったのはそれだけだ。何時間も続けたんだぞ。なぜウェリントンが有名なイギリス軍のお下げ髪《ピッグテール》をやめさせたと思う？　それが軍隊の士気をくじいたからだ。それがナポレオンに力を与えたからだ。何もかも衛生上の問題です、とぼくは言った。今では兵士はみんな、髪を短く刈って、毎日スポンジでぬぐわなくちゃならない。トムソン将軍が言うには、洗ったりするのはばかげてるそうだ。ちょっとばかり小さな灰色の紳士たちに――虱《しらみ》のことだよ――たかられるからって何を大騒ぎしてるんだ、ってわけさ。自分にもついておる、とあの不潔な爺……将軍は言って、かゆいところをかく道具を出して、ぼくの目の前で頭をかき回しやがった」

「ふむ、少なくともマニュエルは、軍の秘密を何も聞けなかったようだな」ロジャー氏が言った。

「どういう意味だ？」

「あいつがドアに耳を当ててるところを捕らえかけたはずなんだが、見間違いかもしれない。とにかく、あいつに葉巻を買いにいかせて、自分でドアをふさいだ」

「きみまで、マニュエルがスパイだと疑うようなことを言わないでくれ。ロンドンの住民はみんな、すべての外国人をスパイだと思ってる。きのうはキングズクロスで、かわいそうな年寄りのフランス人亡命者を人々が襲って半殺しにした」

「そうは言っても」ロジャー氏が心配そうに眉をひそめて言いかけた。

「だいじょうぶさ」ガイ卿はさえぎった。「さあ、着いた。十五分遅れだ」

バークリースクエアの屋敷から、女性の悲鳴とガラスの割れる音が聞こえた。

またしても、ガイ卿は玄関扉をあけて招かれもせずなかに入った。応接室の戦場へ、まっすぐ歩を進める。

子どもたちが、叫んだりどなったりゼリーを投げたりしていた。エスターは、足をばたつかせて泣きわめいている六歳児を片腕で抱え、子どもの小柄な母親――ハヴァーズ＝ダニース夫人――は、飛び跳ねて人殺しと叫びながら、片方の手で子どもを取り返そうとし、もう片方の手でエスターの顔を引っかこうとしていた。

レズウェイ伯爵夫人は気を失っていて、侍女が気付けとして伯爵夫人の鼻の下に燃やした羽毛を近づけようとしていた。その隙に、天使のような顔のおちびさんが、気をそらした侍女の帽子のつばにクリームケーキを塗りたくっている。

部屋の片側に置かれ、食事がのせられた長いテーブルのテーブルクロスは、半分引き下ろされていた。三人の幼児がその残骸《ざんがい》のなかに座って大声で泣きわめき、年上の子どもたちは戦いに備えるアメリカインディアンのように雄叫《おたけ》びをあげて部屋を駆け回っていた。

エスターは、ガイ・カールトン卿を見た。もうたくさんだわ、と胸のなかで言う。出ていってと叫ぼうとしたとき、部屋に不気味な静けさが漂っていることに気づいた。ところが、ガイ卿は何もしていなかった。ただ、仕立屋〈ウェストン〉であつらえた優雅な上着と、ぱりっと糊の利いた上等な白いリネンのシャツ、華やかな刺繍が施されたベスト、革の膝丈ズボン、黒ガラスのような乗馬靴に身を包んでそこに立ち、片眼鏡ですさまじい場面を眺めているだけだった。

子どもたちはぽかんと口をあけ、黙ってガイ卿を見ていた。レズウェイ伯爵夫人は失神状態からぱっと抜け出し、侍女と羽毛を押しやって、髪を撫でつけ始めた。ハヴァーズ＝ダニース夫人は、はにかむように微笑んだ。ダンスタブル夫人は、いちばん得意とする狩猟の女神アルテミスのポーズを取り、額に手をかざして、片足を後ろに引き上げた。フレンチ夫人は横を向いて、ほつれた巻き毛を帽子の下にこっそり押し戻した。レディ・パートレットはいたずらっぽく口をとがらせ、まるですべて自分とは無関係だと言わんばかりに非難がましく両手を振った。

ガイ卿は片眼鏡を下ろした。いちばん年上の子ども、のろまな十四歳のバーソロミュー・ダンスタブルに目を留め、指を曲げて合図する。

バーソロミューがおとなしくやってきて、目の前に立った。

「きみをこの連隊の指揮官に任命する」ガイ卿は言った。「ジョーンズ嬢がハウスメイドを集める。メイドたちがそれぞれの子に、ちりとり、ブラシ、ぞうきん、水の入ったボウルを渡す。部屋が完璧にきれいになったら、ジョーンズ嬢にその事実を伝えろ。わかったか？」

「イエス、サー」バーソロミューが、へつらうような笑みを浮かべて答えた。

「レインバード」ガイ卿は言った。「おまえの曲芸を見逃したのかな?」

「いいえ、ご主人さま。始める機会がなかったもので」

「見るのが楽しみだよ。部屋がきれいになるまで、ジョゼフといっしょに地階で休むといい。ジョーンズ嬢、お手をどうぞ。ぼくたちも休みましょう」

エスターは目をぱちくりさせて、ガイ卿を見上げた。なんて奇妙なのかしら、と胸につぶやく。実際に男性を見上げることがあるなんて。

エスターは、いったん立ち止まって、玄関広間の隅に隠れていた執事のグレーヴズにメイドたちへの指示を伝えてから、ガイ卿に導かれるまま部屋を出た。

母親たちがぞろぞろとあとに続いた。

居間に戻ったエスターは、貴婦人たちが座るまで待ってから、かなり冷ややかな口調できいた。「どういうわけで、こちらにお越しいただいたのかしら、ガイ卿?」

「まず、ぼくを紹介してくれませんか?」ガイ卿が言って、まっすぐ目を見て微笑んだ。

「あら!」エスターは顔を赤らめて紹介した。「ガイ・カールトン卿——現在クラージズ通り六七番地にお住まいです」悪意を持ってつけ加え、悪名高い屋敷の住所を聞いて貴婦人たちの笑顔が凍りつくことを期待した。

しかしそれは、貴婦人たちをますますガイ卿に夢中にさせただけだった。みんな茶目っ気たっぷりに、あの有名なパーティーでの〝できごと〟についてガイ卿をからかった。不品行の名声は、ウエストエンドじゅうに広まっていたからだ。ガイ卿は戦争のむごたらしさと、それがどうして自分に休暇中の一歩兵のようなふるまいをさせたのかについて、感動的な演説をした。貴婦人たちは同情をこめてため息をつき、まったく無理のないことだと言った。

「残念ですけど、ガイ卿は放蕩者です」エスターは英雄崇拝に苛立って言った。

「あら、何をおっしゃるの」レズウェイ伯爵夫人がくすくす笑い、またもや世慣れぬ女性に教え諭すように言った。「あなたも社交界のやりかたに慣れてくれれば、誰もが放蕩者を愛していることがわかるわよ！」

「悲しいかな！　ぼくを愛することはできません」ガイ卿が言った。「ジョーンズ嬢が、ぼくを改心させたので」

「もう一度うかがいます」エスターは顔を赤くして言った。「どうしてお越しになったんです？」

「馬車でいっしょに出かける約束の時間を忘れてしまって」ガイ卿が答えた。「記憶を呼び起こすために訪ねたんです。でも、確か五時でしたね？」

短い沈黙があった。嘘です、そんな約束はしていません、と言おうとしたそのとき、伯爵夫人の目に、むき出しの悪意ある嫉妬がちらりと見えた。

すぐに後悔したが、紛れもない女の衝動がこう答えさせた。「ええ、五時でした」

エスターは、ガイ卿の愉快そうな視線を避けた。

屋敷の外では、ロジャー氏がいらいらしながら待っていた。

「葉巻です」舗道から声がした。

見下ろすと、マニュエルがいた。「どうしてぼくの居場所がわかった？」ロジャー氏は尋ねた。

「ちょうど戻ってたとき、ご主人さまの馬車、出るの見えたんで、追っかけたんです」マニュエルが拙《つたな》い英語で答えた。

ロジャー氏は従者に疑いのまなざしを向けた。「葉巻を見つけるのに、いつも何時間もかかるのか、マニュエル？」

「いいえ。でもこれ、ロンドンでいちばんの品です。このためにシティーまで行きます」

ロジャー氏は、このスペイン人が無表情な目の奥で自分を笑っているような気がして、落ち着かない気分になった。

「それじゃ、急いで家に帰れ」ロジャー氏は鋭い声で言った。「あとからついていく。ガイ卿は、まだしばらくかかるようだ」

屋敷のなかでは、ガイ卿がすっかりくつろいで貴婦人たちとおしゃべりしている姿を、エスターが密かに観察していた。エスターはレモネードのグラスを置き、代わりにシャンパンを注いだ。パーティーが終わって、ガイ卿に馬車でいっしょに出かけるつもりはないと言う必要がある時に備えて、気持ちを強く保たなければならない。

放蕩者で道楽者と見なしてはいても、ガイ卿に魅力を感じていることは認めるしかなかった。しかし惹かれる気持ちを、父から受け継いだなんらかの欠点として追い払おうとした。その欠点が、不品行な男を魅力的に思わせるのだ。社交界の既婚女性たちもガイ卿に魅力を感じていることを知ったのは衝撃だった。女性たちはガイ卿の注意を引こうとかなり意地悪く張り合っていたので、きれいに身なりを整えたジョゼフが現れ、レインバードの曲芸が始まると告げると、エスターは安堵《あんど》のため息をついた。

子どもたちは列になって床に座り、くたびれた不機嫌な顔をしていた。ガイ卿は、バーソロミューの威張りたがりな性格を鋭く見抜き、このかわいげのない少年がほかの子どもたちを働かせて自分では何もしないことを予想していた。

幕があき、レインバードは、灯油ランプひとつだけを照明にして、部屋の端に置かれたテーブルの後ろに立った。

貴婦人たちとガイ卿のための椅子は、子どもたちの後ろに並んでいた。

ピーターとエイミーはじりじりと後ろに下がって、エスターのスカートに背中を預けて座った。「どうしてあんなひどい連中を見つけなくちゃならなかったのさ？」

ピーターが怒った声でささやいた。自分の家でバーソロミューに威張り散らされたのが気に食わなかった。

エスターは顔をしかめて弟を黙らせてから、胸に留めてある小さな金時計をこっそりと見た。あともう少しすれば、全員を追い出せる。

レインバードはショーを始めた。退屈していた観客は、やや興味を示す観客になり、最後には熱狂的な観客になった。レインバードは、両耳から色のついたボールを、三角帽子から兎を、上着の裾から鳩《はと》を、そして袖からひとつながりになった鮮やかなハンカチを取り出した。レインバードが二枚の皿、一本の燭台《しょくだい》、三つのボールを次々にジャグリングするあいだに、ジョゼフが部屋を出て、松明《たいまつ》を六本持って戻ってきた。ランプが消され、松明に火がともされると、レインバードはそれをジャグリングし、やがてそれは体を囲む火の輪のようになった。長い冬の夜、クラージズ通りの使用人部屋で以前にレインバードのこの芸を見たことがあるジョゼフでさえ拍手喝采した。

ガイ卿は、じっと見つめて思いにふけった。なんておかしな執事だろう、と心のなかでつぶやく。もしかすると、どんな使用人にも驚くべき才能があるのに、ぼくたちは彼らを家に必要な付属物としてしか見ていないから、それを知らずにいるのかもしれない。

レインバードの最後の芸は、三角帽子を取って、なかからそれぞれの子どもへの贈り物を出すものだった。男の子にはおもちゃの兵隊、女の子にはみごとな木彫りの動物。

子守や家庭教師は、混乱の真っ最中に疲れ切った女主人たちに呼び出されたが、ガイ卿のすぐあとにやってきて、戦いがすでに終わったことを知り、今はきびしい顔で玄関広間に立って待っていた。預かっている子どもたちを子ども部屋に戻せば、自分たちの規則が絶対的になることはわかっている。子守や家庭教師は、親たちを必要悪と考えていた。自分の子どもの面倒を年がら年じゅう見ているわけではないので、たまに見るとあまりにもひどく甘やかして、ふたたび言うことを聞かせるのに数週間かかってしまう。

子どもの母親たちは、〝敬愛するジョーンズ嬢〟への好意を何度も口にしながら帰っていった。

レインバードはジョゼフの手を借りてすばやく手品の道具をまとめ、すぐに辞去するつもりだった。ピーターとエイミーは、子ども部屋に連れていかれた。エスターは、早くどうにかしないとガイ卿とふたりきりで残されてしまうと悟った。いつもは気が利くフィップス嬢まで、これだけの騒ぎのあとは休まないと、とかなんとかつぶやいて居眠りしていた。

「あれはぜんぶ、冗談でしょう」エスターはそわそわと言った。「馬車で……ふたりで……出かけることですけど」

「とんでもない」ガイ卿は言った。「ボンネットを取ってきて、いっしょに行こう。あなたの社会的な立場にはなんの害も及びませんよ、ジョーンズ嬢」

「あなたに感謝していないわけではないのよ」エスターは言った。「感謝しています。とても。本当に、どうしてあんなにちょうどいいタイミングでここにいらしたの？」

「たまたま通りかかったときに、物音が聞こえたんだよ。ぼくに礼を言う必要はない。しなければならないのは、馬車でいっしょに出かけることさ」

「わかりました」エスターは無愛想につぶやいた。馬車で出かけてもそれほど時間はかからないし、行くことに同意するのがきっとこの人を追い払ういちばん簡単な方法だろう。

ガイ卿は口もとにいたずらっぽい笑みを浮かべて、階段をのぼるエスターを見つめた。それから屋敷を出て、あたりを見回した。

マニュエルが舗道に立っていた。

「馬車だ」ガイ卿は言った。「ロジャーさんが乗っていったなら、見つけてここへ戻してくれ。屋根つき馬車じゃなく、二頭立て二輪馬車がいい」

「わかりました、ご主人さま」

ガイ卿はなかに戻り、腰を落ち着けて待った。

三十分後、エスターがふたたび階段を下りてきた。ビロードで縁取られたサファイアブルーのメリノウール製の新しい馬車用ドレスを着ている。髪油で整えた赤い巻き毛には、しゃれた小さなシャコー帽がのっていた。

ガイ卿はお辞儀をした。「息をのむ美しさだ」静かな口調で言う。

「残念ながらわたしは、ドレスのことをよく知っているとは言えません」エスターは応じた。「つい最近雇った付添い人のフィップス嬢は、流行の服を選ぶのがものすごくじょうずなんです。きょう、フィップス嬢にはお会いになった？」

「ああ、馬車の音が聞こえた気がする」ガイ卿は質問を無視して言った。

ふたりで外へ出ると、ガイ卿は自分で操ると言って、御者を帰した。後ろにマニュエルがとどまっていた。

「いや、マニュエル」ガイ卿は言った。「おまえも必要ない。行って、レインバードの道具をクラージズ通りに運ぶ手伝いをしてやれ」

ガイ卿がエスターに手を貸して競走用二輪馬車に乗せてから、自分も乗って手綱を取るあいだ、そのずっと上方の子ども部屋の窓ガラスに、ふたつの小さな顔が押しつけられていた。

「あの人はお姉さまより背が高いわ」エイミーは言った。「それはすごく大事なことよ」

「ずっと、お姉さまの結婚式でドレスの引き裾を持つのが夢なんだもんな」ピーターはからかった。「あの使用人を見てよ！　あいつ、ほんとに悪いやつだよ。スパイに決まってる。正体を暴いてやれたらなあ！」

「レインバードさんなら暴けるかも」エイミーは言った。「レインバードさんは魔法使いだもん」

「まだ帰ってなかったら、階下《した》に行って話してみよう」ピーターは言ったあと、すぐにうつむいた。「でも、ガイ卿がマニュエルに、家に入ってレインバードを手伝えって言うのが聞こえた」

はっとして、ささやき声で続ける。「待って！　まだあそこにいる。お姉さまとガイ卿を、後ろから意地悪な顔でにらんでる」

「ばかみたい。ここからどうして顔が見えるのよ？　頭のてっぺんしか見えないわ」

「頭のてっぺんに意地悪さが出てるんだ」ピーターは頑固に言った。「ほら！　レインバードを手伝わないんだ。歩いていっちゃったよ。行こう、エイミー。レインバードが帰る前に話してみよう！」

レインバードとジョゼフとアンガスは、応接室に集まっていた。「やっぱりわたしの仕事を取るつもりなんですね」エスターの執事が憂鬱そうに言った。「ジョーンズ嬢は、いつだってあなたを呼びにやる。貴婦人が執事にお茶をふるまうなんて、ふつうじゃない」

「あなたのくだらない仕事など欲しくない」疲れ切ったレインバードは言った。ガイ卿が到着するまで子どもたちを暴れ回るままにさせておくには、途方もない忍耐力を必要とした。レインバードとジョゼフのお仕着せは、クリームとジャムの染みだらけだった。できるかぎりスポンジでぬぐったが、完全によごれを落とすには夜にかなり苦労しなくてはならないと、ふたりともわかっていた。

「誰も、わたしの芸術作品をきちんと味わわなかったらしい」アンガスが嘆いた。「技巧を凝らしてつくった菓子やゼリーも、おおぜいの子どもに投げ散らかされただけだった。なんたる屈辱！　あれを見てくれ」

アンガスが、暖炉の上にかかった有名なプロテスタント改革者の肖像画を示した。どこかの子どもが口ひげを描き加えたうえに、伸ばした指先から飛び出す弾丸を描いたので、まるで自分の耳をめがけて銃を撃っているかのようだった。

「すべては大きな目的のためだ」レインバードは言った。振り返ると、戸口にピーターとエイミーが手をつないで立っているのが見えた。

「ロンドンで、たったふたりだけのよい子たちだ」レインバードは微笑んで言った。

「わかんないな」ピーターが言った。「どうしてやつらにあんなことさせておいたの、レインバードさん」

「そうよ、どうしてあの子たちをみんな、蛙《かえる》に変えちゃわなかったの？」エイミーがきいた。

「きょうは、人を蛙に変える日じゃなかったんですよ」レインバードは言った。

「ジョゼフ、この箱の向こう側を持ってくれ、それからアンガス……」

「ねえ、お願い、レインバードさん」ピーターが、グレーヴズのほうに切なそうな目を向けて言った。「ぼくたちも手伝っていい？」

「お姉さまは気にしないわ」エイミーが懇願した。「すぐ近所だもの」

ふたりがしきりに目をぐるぐるさせて顔をしかめるので、レインバードは何かこっそり話したいことがあるのだろうと考えた。連れていっても問題はないだろう。

「ほら」レインバードは言った。「このボールのかばんを持ってください、ピーター坊ちゃま。でも、クラージズ通りまでですよ、いいですね！　そのあと、メイドの誰かが送っていきます」

「それで、こちらはどなた？」ピーターとエイミーが使用人部屋に現れると、ミドルトン夫人が尋ねた。

「ピーター坊ちゃまとエイミーお嬢さまを紹介しよう」レインバードは言った。

「きっとレモネードが飲みたいんじゃないかな」

子どもたちがテーブルに着くと、レインバードは言った。「何かわたしに話したいことがあるような気がしたんですよ、ピーター坊ちゃま。なんでしょう？」

「あの外国人の使用人はどこ？」ピーターがきいた。

「出かけました。せいせいするわ」ジェニーが答えた。

「エイミーとぼくは、あいつがスパイだと思うんだ」ピーターがまじめに言った。

「なるほど」レインバードは丁重に応じた。「で、どうしてそう思うんです？」

「公園であいつを見たんだ」ピーターが答えた。「手帳に何か書きながら、軍隊を眺めてた。こっそり近づいて何を書いてるのか見ようとしたんだけど、あいつがぼくたちをつかまえて、揺さぶったりどなったりした。そしたらガイ卿が来て、手帳を見せろって言った。マニュエルが手帳を渡して、ガイ卿はちらっとそれを見てから問題ないようだって言ったけど、それは違う手帳だったんだよ！　黒い手帳で、何か書いてたやつと似てたけど、ガイ卿に渡したのはつやつやして新しかった。書いてたやつは古かったんだ」

「でも、兵士の数や連隊についての詳しいことは、新聞を読むだけでわかりますよ」レインバードは言った。

「ガイ卿もそう言った」ピーターが、がっかりした顔になった。

「変ね」リジーがおずおずと言った。「話してなかったけど、レインバードさん、ご弟妹とケンジントン・ガーデンズにいらしたジョーンズ嬢と初めてお会いして、ちょうどあたしが帰ろうとしたとき、マニュエルを見ました。軍隊を眺めて、手帳に何か書いてた」

「そのときに、あいつはスパイだってぼくは言ったんだ」ピーターがむっつりと応じた。「でもお姉さまも、新聞を読むだけでいいんだって言った」

「ああ、なるほど、だからこのあいだ、新聞が切り抜かれてたのかもしれないな」アンガスが口を挟んだ。

　みんなが驚いた顔でアンガスを見た。

「わたしたちの思い過ごしですよ、ピーター坊ちゃま」レインバードは言った。ふと首を傾け、次にテーブルからすべるように離れて、戸口まで静かに歩き、さっと扉をあける。

　マニュエルが外に立っていた。

「わたしたちの話を立ち聞きしていたのか？」レインバードは怒って問いただした。

「ぼくが」マニュエルが蔑むように言った。「なんであんたたちの話を立ち聞きしたがるんだ？」

　マニュエルは背を向けて立ち去り、残された使用人たちは顔を見合わせた。


　ガイ卿は、となりに座っている女性にがっかりした。さまざまな名士を指さしたり、劇場の話をしたり、パーティーの成功について語ったりしても、エスターから返ってくるのはそっけない返事だけだった――はい、いいえ、まあ。

ジョーンズ嬢に求愛するという考えそのものを振り捨ててしまいたかったが、心をとらえる肉体的魅力が刻一刻と強くなり、苛立ちが募るにつれて、腕に抱き締めたいという激しい切望もますます募るのだった。

そのとき、公園で教練をしていた義勇兵連隊が、ライフル銃を構え、一斉射撃をした。馬が驚いて後ずさりしたので、ガイ卿は手綱を引いて飛び降り、なだめるように話しかけて落ち着かせた。座席に戻り、手綱を取る。「だいじょうぶですか？」エスターに尋ねたそのとき、ふたつのことが同時に起こった。

ガイ卿の目には、ハイドパークが遠のき、戦場に置き換わるのが見えた。大砲がとどろき、馬がいななき、まだ十一歳の小さな鼓手ジミー・ワトソンがまたもや、苦しげな懇願のまなざしでこちらを見上げ、泣いている。「ぼくを撃ってください。痛くて我慢できない」ガイ卿は蒼白《そうはく》になって、両手で顔を覆った。

同時に、エスターは並んで止まっている小さな馬車を、唖然《あぜん》として見ていた。きれいな乳白色の雌馬が馬車を引き、豪華な服装をした褐色の髪の女性が御している。馬が驚いて飛び上がったので、ガイ卿と同じく女性も馬車を止めた。しかし馬が落ち着いた瞬間、女性は鞭でその脇腹を打ち始め、ついには皮膚が切れて痛々しい真っ赤なみみず腫《ば》れができるまで続けた。

エスターはためらいもしなかった。馬車から飛び降りて歩み寄り、女性の手から鞭を引ったくると、藪《やぶ》に投げこんだ。

「あなたはけだものだわ！」と叫ぶ。

女性が横柄な態度でエスターを見た。「わたしはレディ・ペンワーシーよ。あなたは？」

「わたしはエスター・ジョーンズ嬢です。言わせていただきますけど、あなたは残忍で冷酷な女性です。よくもまあ、罪のない動物をあんなふうに扱えるわね！」

「トム」レディ・ペンワーシーが、後ろに乗っている従僕を呼んだ。「鞭を拾ってきて」

従僕が飛び降りた。「もう一度その鞭を振るってごらんなさい」エスターは言った。「取り上げて、あなたを打ってやるわ」

レディ・ペンワーシーは、エスターの目に燃える怒りの炎にひるんだ。「ばかな馬なのよ」不機嫌に言う。

「だったら、もう必要ないでしょう」エスターは言った。レティキュールをあけ、大きな札束を出す。「ここに百ポンドあります」冷たい声で言った。「あなたの馬を買います」

レディ・ペンワーシーは驚いてエスターを見た。馬は十五ギニーで買ったのだ。目に強欲なまなざしがよぎった。ジョーンズ！　そうそう、この人は、みんながうわさしているあの裕福なジョーンズ嬢に違いない。

従僕が鞭を持って戻ってきた。

エスターはそれを奪い取り、女戦士のように立った。「どうします、レディ・ペンワーシー？」と尋ねる。

「ええ、わかりましたわ」レディ・ペンワーシーは愛想よく言った。軽々と馬車から飛び降り、お金をさっと取る。エスターは従僕を振り返った。「あの雌馬をポールから外して、わたしの馬車の後ろにつないで」

野次馬が集まり始めていた。

エスターはガイ卿を見た。なぜ降りてきて加勢してくれなかったの？　両手で顔を覆って、身じろぎもせずに座っている。たぶん、ここにいないふりをしているんだわ。エスターはいらいらしながら考えた。

　レディ・ペンワーシーの馬車を回収する手はずが整えられた。エスターは背筋を伸ばし、非難をこめて無言の同伴者をちらりと見てから、レディ・ペンワーシーに家まで送ることを申し出た。しかしレディ・ペンワーシーは機嫌よく札束をひらひらと振って、すでに友人の馬車のほうへ向かっていた。百ポンドだけでなく、ロンドンでいちばんおもしろいうわさ話を手に入れたとわかっていたからだ。

　エスターは、ガイ卿のとなりに乗りこんだ。社交界の人々がまだまわりで見ていて、公然と声高にエスターの美貌について話し、紳士たちはすばらしく美しいと褒め、貴婦人たちは哀れむようにくすくす笑って、お金がありすぎて頭が変になったのね、と言った。あんな小さな雌馬に百ポンドですって！

「わたしに手綱まで握らせるつもりですの？」エスターは押し殺した声で言った。

　死んだ者と死にかけた者に取り囲まれたガイ卿は、聞いていなかった。

エスターはガイ卿の顔から両手を引き下ろしたあと、驚いてじっと見つめた。その顔は死人のように蒼白で、目は虚ろに一点を見据えていた。

「まあ、どうしましょう」エスターは叫んだ。「病気なのね！」レティキュールを探ってオーデコロンの瓶と清潔なハンカチを出し、ガイ卿のこめかみをぬぐい始める。エスターはとても強い母性本能の持ち主だった。ガイ卿が震えて「ああ、死ばかり、苦しみばかりだ。終わりはないのか？」とつぶやくと、すぐに悪夢にとらわれているのだと悟った。じろじろ見ている野次馬のことを忘れ、ガイ卿が放蕩者で道楽者であることを忘れて、悪夢を見た子どもをなだめるときのように両腕を回し、抱き締めてささやきかけた。「しーっ！　あなたは戦場にいるんじゃないわ。ここにエスターといるの。なんの心配もいらないわ」

少しずつガイ卿の目に、すぐそばにある美しい顔が見えてきた。ぼんやりしながら、エスターの目の優しさに気づき、胸の温かさと両腕の締めつけを感じる。自分がどこにいるのかわからなかったし、気にもしなかった。ガイ卿は両腕をエスターに巻きつけ、唇に情熱的なキスをした。これほど情熱的に女性にキスをしたのは生まれて初めてだった。エスターはガイ卿の具合をひどく心配していたので、しばらくのあいだ抵抗しなかった。その数秒が、破滅のもとだった。体がぱっと燃え上がるのを感じ、もし耳をつんざくような見物人の歓声を聞いて我に返らなければ、キスを返していたかもしれなかった。

エスターは顔を火照《ほて》らせながら体を離し、抑えた声で言った。「わたしを下品な見世物にしようと心に決めているようね。馬車を出して！」

ガイ卿はぎょっとしてあたりを見回し、小声で悪態をつくと、手綱を取った。絶体絶命だ。ロンドン社交界のほとんどあらゆる名士が、その場にいるようだった。さらにとどめとして、ジョージ皇太子の華麗な姿が見えた。白鳥の首のような二頭立て四輪馬車の高い位置に、でっぷりした体を乗せている。ガイ卿はお辞儀をし、エスターも顔を真っ赤にしながらお辞儀をした。

「何ごとかな、え？」皇太子が呼びかけた。

「ガイ・カールトン卿と申します、殿下。どうぞ、いちばん最初にぼくの前途を祝福していただけませんか。ジョーンズ嬢が、結婚の申し込みを承諾してくださったのです」

「春の息吹を感じるではないか！」皇太子が愉快そうに笑って叫んだ。「巣づくりの季節だな。言っただろう、巣づくりの季節だよ」

まわりの誰も彼もが追従笑いをした。

「結婚式に招待してくれ」皇太子が上機嫌で言った。「こんなに楽しませてもらったのは久しぶりだ」

「光栄に存じます」ガイ卿はよどみなく応じた。「ぼくたちの結婚式への殿下のご出席を歓迎いたします」

「忘れるなよ」皇太子が言った。そして先へ進み、社交界の人々は我に返って馬を駆り立て、そのあとに列を成して続いた。

エスターとガイ卿はふたりで残された。

「ほかに言いようがなかったんだ」ガイ卿は悲しげに言った。「ジョーンズ嬢、取り消すこともできるが、新聞に婚約の通知を出さなくてはならない」

「まさか！」エスターは言った。「だましたのね。同情を得るために、失神したかのように見せかけただけだったんだわ」

「違うよ」ガイ卿はしおれた声で言った。「それが本当ならよかったんだが。あの一斉射撃が脳に影響を与えたんだ。日中でさえ、悪夢に取りつかれてる。悪夢から覚めたら、きみの腕のなかにいた。地獄から天国への移動が目まぐるしすぎたんだ。ジョーンズ嬢、どうか許してほしい」

エスターが頭を抱えた。「ああ、なんてみっともない！」と叫ぶ。「善意でやってきたことすべてが――放蕩者に縛りつけられるためだったなんて！」

「縛りつけられてはいないよ」ガイ卿は指摘した。「今週婚約すれば、ぼくたちの人騒がせなふるまいはすぐに不体裁ではなくなる。そして上流社会の道徳基準を満たしたら、そのあと婚約を解消すればいい。ぼくはじきに戦場に戻る」

「あなたは、どんな戦場にも行ける状態じゃないわ」

「ぼくが意識を失ってたあいだ、ほかに何があったんだ？」ガイ卿はきいた。「たとえば、どうして血を流してる奇妙な馬が、ぼくの馬車につながれてる？」

エスターが簡単に説明した。

出た。

「それじゃ、せめてぼくにできるのは、きみから雌馬を買うことだな」ガイ卿は申し出た。

「ばか言わないで」エスターはきっぱりと断った。「戦場に戻るんだから、馬の面倒は見られないでしょう。もちろん妻の面倒もね」

「頼むよ、これ以上ぼくを恥じ入らせないでくれ」

「どうすればいいっていうの?」エスターが叫んだ。「皇太子殿下が……」

「来週には、社交界は別のうわさ話を見つけるよ」ガイ卿は言った。「一週間婚約していれば、スキャンダルは静まる。ぼくのふるまいは不可抗力だったんだ。何をしてるのかわかってなかったんだから」

「まったく」エスターはひどく悲しい気持ちになり、沈んだ声で言った。それから、やっとのことで自分を奮い立たせた。「では、一週間です」きっぱりと言う。「その週のあいだは、紳士らしくふるまってください。わかりましたね?」

「はい、ジョーンズ嬢」ガイ卿はおとなしく答えた。それから手綱を取って横を向いたので、その顔に浮かんだ勝ち誇った笑みは、エスターには見えないはずだった。

7

《モーニングポスト》よ（《タイムズ》は信じてくれないだろう）、
助けてくれ、できるはずだ。
わたしは広告を出そう――絶対に失敗しない計画。

〝求む――興味をそそる若きご婦人、当方、嫡出の吟遊詩人。
容姿はさほど問題にせず、ぴかぴかの金貨がついてくるなら！〟

〝結婚による束縛は〟と広告主は誓う、〝ゆるやかな絹の足かせにすぎない〟、
〝宛先は、A・T、チェルシー、N・B――差出人払いにて〟

――サー・セオドア・マーティン

「リジーは何をしたんだ？」レインバードは尋ねた。ミドルトン夫人が、顔を赤らめているスカラリーメイドを使用人部屋に引き入れようとしていた。

「リジーが手紙を受け取ったんですけど、わたしに見せようとしないんです」家政婦が言った。

「さあ、リジー」レインバードは言った。「おまえのような立場の使用人は、どこから手紙が来たのかを上の人たちに言わずに受け取ってはならないよ。家族はひとりもいないはずだ。誰がおまえに手紙を寄こした？」

「個人的なことなんです、レインバードさん」リジーが切実な声で言った。

レインバードは落ち着かない気分になった。もちろん、ミドルトン夫人が正しい。それでも、リジーに一切の私生活を禁じるのはひどいように思えた。

「見ないでやって」アリスがゆっくり言った。「あたしたちにも、少しは権利があると思うわ。リジーは、なんにも悪いことなんてしないはずよ」

「リジーは、仕事を探すのに手紙を書いてたんだ。そうだろ」デイヴが叫んだ。「字の書きかたなんて教えちゃいけなかったんだよ」

「そうではないよな、リジー？」レインバードはきいた。

「仕事じゃありません、違います」リジーが小声で答えた。

「マニュエルが来ましたよ」ジョゼフが呼びかけた。

「あとで話そう、リジー」レインバードは言った。使用人たちはみんな一致してガイ卿の従者を嫌っていて、マニュエルの前では個人的なことは何も話さなかった。

「これで、おっしまいだ」マニュエルが荒々しく言った。

「何がおっしまい？」ジェニーがまねた。

「ご主人さまが、《タイムズ》社に行って、あのジョーンズ嬢と結婚すること、知らせる広告出せ、言うんだ」

みんなが歓声をあげ、マニュエルは怒りのまなざしで使用人たちを見た。「もうスペイン、帰らないってことだ。ぼくはこのいやったらしい国で、腐ってくんだ」

「言葉に気をつけなさい」レインバードは言った。「広告を出すように言われたなら、行ってそうしなさい。ここに突っ立って、すねたりぼやいたりしているんじゃない。

出ていけ」

「いつか、マニュエルに失礼な口利くこと、後悔するぞ」従者は言って、駆けていった。

「よかった」レインバードは言った。「あのスペインタマネギについてひとつ言えるのは、どこにもじっとしていないで、常にあちこちをこそこそ歩いていることだな」

「こういう作戦はどうだい?」アンガス・マグレガーが言った。「今夜あいつが寝るまで待ってから、そのちっぽけな手帳をのぞいてやるのさ。きっと手帳をいつも身に着けてるんだ。あいつの持ち物を探ってみたけど、見つからなかったからな」

ミドルトン夫人が甲高い声をあげた。「子どもたちの言うことを真に受けたんじゃないでしょうね、マグレガーさん?」

「いや、ちょっとばかりな。確かめておこうと思うんだ」

男たちは、マニュエルが寝たあと服を探るため、眠らずにいる方法について話し始めた。リジーはじりじりと扉のほうへ向かった。

「だめだよ、リジー」レインバードは鋭い目でその動きをとらえて言った。「おいで。

すまないが、その手紙を見せてもらうよ」

リジーは目に涙を浮かべて、しぶしぶ手紙を渡した。

レインバードは声に出して読んだ。「拝啓L・OB嬢」少し間を置いて続ける。「《モーニングポスト》に載っていたあなたの広告へのお返事です。わたしはじゅうぶんな資産を持つ独身男性であり、わたしたちは似合いであると考えます。容姿は醜くなく、チャーチヤード通りの角に靴修理店を持っております。訪ねてくだされば、互いの利益になることについて話し合えるでしょう。敬具。ジョサイア・ダンサー」

「なんてこと！」アリスが目を丸くした。「うちのリジーは、夫募集の広告を出したのね。どうしてなの、リジー？」

「もう使用人でいたくないんです」リジーが言って、仕事で荒れた手でエプロンをひねった。

「でも、あと二シーズンの我慢だよ」レインバードは叫んだ。「そうすれば、あの宿屋を買えるし、おまえは自立できる」

「でも、本当にじゃありません、レインバードさん」リジーが言った。「だって、あたしたちは序列を守るでしょう、守るってわかってます。あなたとミドルトン夫人が責任者、マグレガーさんが料理人、ジョゼフとアリスとジェニーが給仕係、デイヴが鍋洗い係、そしてあたしが皿洗い係。これまでと同じです」

「違うよ、リジー」レインバードは言った。「重労働を担当する使用人を二、三人雇う。おまえは自立した女性になる」

「貯金箱に入ってるあたしの分を、結婚持参金に使いたいんです」リジーが言って、エプロンの端で涙をふいた。「自分の家が欲しい」

「新聞にここの住所を載せたのか？」レインバードはきいた。

「いいえ」リジーが答えた。「返事を取りにいきました。一通だけでした」

「なあ、リジー」ジョゼフがおもねるように言った。「出ていくなんていけないよ。ほら、プレゼントがあるんだ」ポケットから赤い絹の薔薇を出して、渡そうとする。

リジーは顔をしかめて背を向けた。あの薔薇なら知っている。ハント嬢に捧《ささ》げられた薔薇、胸が張り裂けるような思いをさせ、貴重な二ポンドの特別手当のほとんどを《ポスト》への広告掲載に費やさせた薔薇。

「欲しくない」リジーは言って、両手を背中に回した。「ハントさんのためだったんでしょう」

「本当はきみのために買ったんだ。嘘じゃないよ」ジョゼフが言った。「ルークがいたから、スカラリーメイドのためだって言えなかった。だから嘘をついて、ハントさんのためだって言ったんだ。ルークがハントさんに渡すようにけしかけたんだよ」

「出かけてもいいですか、レインバードさん」リジーは震える声で言った。「あたしはここではいつもスカラリーメイドで、ジョゼフさえあたしを恥じてます。ダンサーさんはいい人そうだし、読み書きもできます」

「リジー、リジー。誰かに金を払って、代わりに書いてもらったんだよ」

「行きたいの！」リジーは地団駄を踏んで言った。

「立場をわきまえなさい、リジー」ミドルトン夫人が言った。「それに、レインバードさんに二度とそんな口を利くんじゃありません」

「好きにさせてやれ」レインバードはげんなりして言った。「行きなさい、リジー。ご主人さまが戻って、呼び鈴を鳴らし始めて、わたしが思い直す前にな。しばらくおまえなしでなんとかやっておくよ」

リジーが出ていくと、みんなは非難をこめてジョゼフを見た。

表の居間の呼び鈴が鳴り始め、レインバードは走って応対しにいった。

ガイ卿とロジャー氏がいっしょに座っていた。「最高級のブルゴーニュワインを持ってきてくれ、レインバード」ガイ卿が言った。

「かしこまりました」レインバードは応じた。「それから、お祝いを申し上げます」

「ありがとう、でもお祝いはまだ早い。ジョーンズ嬢がぼくと婚約したのは、皇太子殿下の前でぼくが醜態に巻きこんでしまって、彼女の名誉を守るには求婚するしかなかったからなんだ。ジョーンズ嬢は、一週間で婚約破棄する気でいる」

「一週間あれば、いろんなことが起こりうるよ」ロジャー氏が元気づけるように言った。

「フィップスさんから、今夜オペラに行く予定だという伝言を受け取った」ガイ卿が言った。「どこかのばかが爆竹を鳴らしたりしないといいんだが。そういうことがあると、また意識を失うかもしれない。ぼくはなんて腰抜けなんだろう！　ロンドンには、戦争の記憶に卒倒したり青ざめたりしない戦闘員がいっぱいいるのに。きみもそうだろう、トミー」

「そういう影響はないな」ロジャー氏が肩をすくめた。「でも、たまに恐ろしい悪夢を見るよ」

「だがとにかく、レインバード」ガイ卿が言った。「子どもたちのパーティーっていうおまえの思いつきは役に立ったよ」

「ご主人さまの美点を引き立たせる機会になったかと存じます」レインバードは言った。

「まったくだ」ガイ卿は言った。「しかも、自分の家に子ども部屋を設ける気をすっかりなくすだけのものがあったな。ワインを運んでくれ、レインバード。それからマニュエルに、着替えを手伝うように言ってくれ」

「従者は出かけたようです、ご主人さま」

「それなら、誰かに捜しにいかせろ。マニュエルを帰国させることをまじめに考えなくてはならないな。イギリスへ来てからのあいつはおかしすぎる」

リジーはシティーまでずっと歩いていった。ジョゼフへの怒りで、早足になる。ダンサーっていうのは、幸せそうな響きの名前だわ、と考えた。自分の店を持っているのだから、自立している。この人を頼れば、地階の生活、結婚が許されない生活から抜け出せる。たとえ宿屋を手に入れても、ジョゼフは結婚を申し込んでくれないだろう。ジョゼフにとって、リジーはずっとスカラリーメイドのままだろう。

日が暮れて、川から霧が忍び寄ってきた。リジーはフリート橋を渡った。木の実やジンジャーブレッド、オレンジ、牡蠣《かき》などが移動式店舗に山積みに並べられている。サッサフラス（クスノキ科の木で、根皮や樹皮を強壮剤や香料に用いる）の飲み物の屋台が、曲がりくねったシティーの通りの角に点在していた。屋台は、車輪のある食器棚つきの小さな調理台で、飲み物をつくるための壺《つぼ》がはめ込まれている。サッサフラスと砂糖、牛乳を混ぜたもので、一杯一・五ペンスで売っていた。この値段のおかげで、紅茶やコーヒーが高すぎると考える労働者に人気だった。

モーホク団（十八世紀初頭、夜中に出没して人々を襲った悪徳貴族集団）の後継者〝眠らない若者の上流二輪馬車団〟の団員が、こういう屋台をひっくり返し、店主の暮らしを破滅させようとしていた。しかし、善良な人々を危険にさらしているのは貴族の無法者だけではなかった。下層階級の人々は、フランス革命以来思い上がった態度を取るようになり、ふざけて身分のある女性にいたずらしたり、年配の紳士をどぶに投げこんだりした。

リジーは、厄介ごとに油断なく気を配ることを学んでいた。ショールで髪を覆い、ラドゲートヒルの通りを急いだ。

しかしセントポール大聖堂の横のチャーチヤード通りに着く前に、家々の壁際にしゃがんで、清掃人の集団が通り過ぎるのを待たなければならなかった。ひとりの清掃人が、恥辱刑を受けているところだった。別の清掃人の妻とベッドをともにしているのを見つかり、シティーの居酒屋で裁かれたのだ。男の帽子は柊《ひいらぎ》の王冠と二本の大きな人参《にんじん》で飾られていた。四人の清掃人の肩に担がれ、行列がつくられている。清掃人の長が先頭になり、もうひとりが鐘を持って罪を告げ、次に残りの清掃人たちが、柊と火をつけたろうそくで飾った扇形帽をかぶって続いた。その後ろでかつがれた罪人には、思いやり深くビール一杯とパイプが与えられ、行列の最後尾は清掃人たちの妻と娘たちから成っていた。

リジーは後ずさりして、暗い玄関口に入った。行列の人々に見つかるのが怖かったからではなく、お金を持っていないからだった。箱を持った清掃人たちが、通りの両側でお金を集めていた。じゅうぶんに集まったと見なしたら、罪人と不当な扱いを受けた夫を含む集団全員が、ひと晩じゅう飲み明かすために居酒屋の一軒に腰を落ち着けるだろう。

最後のろうそくの明かりが上下に揺れながらラドゲートヒルを通り過ぎると、リジーは先を急いだ。霧は濃くなり、あの灰色と黄色が混じった色合いを帯びてきた。つまり、息が詰まるような黄色の濃霧になるということだ。

チャーチヤード通りに着くころには、面会を済ませてまだ帰り道が見えるうちにクラージズ通りに戻れるのか、心配になってきた。

リジーは少しためらったが、勇気を奮い起こして、通りの柵沿いに並ぶ中世の露店のような小さな店を、霧のなかからのぞいた。

靴修理店が見えた。正面に若い男性がいた。がっしりとして、肩幅が広く、細い腰と形のよい脚をしている。髪は首の後ろで結んであった。

リジーは大きく息を吸って、一歩踏み出した。

「リジー！」誰かの手が腕をつかんだ。

ぎょっとして、手を振りほどいてから、ジョゼフの丸く青い目を見上げていることに気づいた。

「こんなことしないでくれ、リジー」ジョゼフが言った。

「あたしは、あたしのしたいようにするわ」リジーはみなぎる力を感じながら言った。あの力強い若者に比べて、今のジョゼフはなんて弱々しく見えることだろう。ジョゼフはお仕着せを着ていなかった。ぱっとしない茶色い羊毛のスーツと、きめの粗い木綿のシャツを着て、水玉模様のネッカチーフを巻いている。

ぱっとしないジョゼフの姿——黒と金のお仕着せでびしっと決めてはいない姿——を見て、リジーの意志は固まった。

「放っておいて」リジーは言った。しっかり顔を上げ、靴修理店に向かって歩く。

しかし近づいていくと、若い男性は口笛を吹きながら通りの向こうへ歩み去った。

リジーはその後ろ姿を眺め、まごついて立っていた。ただの通りがかりの人だったのだ。

「リジー」また耳のそばからジョゼフの声がした。

「放っておいて、ジョゼフ、本当に」リジーは言ったが、先ほどのようにきっぱりした口調ではなかった。「ダンサーさんに会いにきたの。絶対に会うわ！」

「だったら、いっしょに行くよ。その人が嘘つきじゃないか確かめるだけだ」

リジーはあたりを見回した。霧がさらに濃くなってきた。酔っぱらいが千鳥足ですれ違い、よろけて悪態をついた。

「それなら、いいわ」リジーは言った。「でも口出ししないでね」

ふたりはいっしょに店に近づいた。しわだらけの小柄な男が奥から出てきて、ものめずらしそうにこちらを見上げた。

「ダンサーさんですか？」リジーはおずおずと尋ね、この人はお父さんかもしれない、と考えた。

「いんや」男が答えた。「店番してやってんだ。もうすぐ戻らあ。あいつに会いてえのかい？」

「はい」リジーは言った。

「ここ、見ててくれ。おりゃあシュラブ（レモンなどの果汁に砂糖とラム酒を加えた飲み物）を一杯買ってくっから。店、見張っててくれ。すぐ戻ってくっから」

男は返事も待たずに霧のなかへ走っていった。

「行こうよ、リジー」ジョゼフがなだめるように言った。

「いや」リジーは言った。どういうわけか、ダンサー氏が先ほど見た若者のような人、自慢できる人、ともに家庭を築ける人とわかるはずだと信じていた。

ふたりが不安げに待つあいだに、霧は濃くなった。ほとんどジョゼフの顔も見えないくらいだった。

夜の帳《とばり》が下りた。霧がすべてを沈黙させた。馬車の車輪はくぐもった音を立てた。通りかかる人は、暗闇のなかのさらに黒い斑点のようにぬっと現れてから、消えた。

リジーは震え、ショールをさらにしっかり体に巻きつけた。

「誰か来る」ジョゼフが言った。「ダンサーっていう名前が聞こえた気がする」

突然、霧のなかから不自然なほどよく響く女の声が聞こえた。「自分のやってることがわかってんでしょうね、ダンサーさん。もししょっぴかれたら？　あたしと子どもはどうなるのさ？」

「おりゃあ用心深い男だよ、ダンサーのかみさん、そんなこたあわかってるだろ」しわがれ声が答えた。「そのL・OB嬢がのこのこやってきたら、まず持参金を見せてもらわねえとって言うんだ。その娘が持ってくる。おれたちがもらう。治安官は、新聞に広告を出すようなばかな娘なんかにゃ、かまわねえよ。チープサイドのジェフ・バーカーが、おんなじやり口で娘っ子から五十ポンドせしめたんだ」

「来るといいわねえ」女の声が言った。「あんたは代書人にその手紙を書いてもらうために、五シリング払ったんだから。五シリングも！」

ジョゼフはリジーの腰に腕を回し、なんの抵抗もされずにその場から連れ出した。何も言わず、ただ体を支えてゆっくり歩き、リジーが泣いていることに気づくと、立ち止まって両腕を回し、抱き締めて泣かせてやった。

ようやくリジーが落ち着いてきたのを感じて、ジョゼフは言った。「お金があるんだ、リジー。元気になる何か強いものを飲んでから、どうにか家に帰ろう」

「家じゃない」リジーが苦々しい口調で言った。「どうしたらクラージズ通り六七番地を家だと思えるの？」

ジョゼフは、みんながきみを愛し大事に思っている場所だからだ、と言いたかったが、自尊心が邪魔をした。

「ここに居酒屋があるよ」代わりにジョゼフは言った。扉のなかへリジーを導き、きちんとした店だと知ってほっとした。

「おおい、ウェイター」ジョゼフはふたたび気取った口調になって言った。「ラムをグラスに二杯、頼むよ」

「承知しました、だんな」給仕係が陽気に応じた。「奥さんと出かけるにゃ、あいにくの晩でしたな」

「そうだね」ジョゼフは言った。暖炉のそばの長椅子に並んで座り、リジーの手を握る。ふと、リジーのような誰かと結婚して本当の家を持ったらどんな感じがするだろうと考えた。絶えず誰かに顎で使われることもなく、鉄のように固く締めつける階級の足かせに縛られることもなく。

「このあいだルークは、きみがものすごくきれいになってきたって言ってたよ」ジョゼフは言った。

「ほんとに？」リジーはきいた。お世辞を受け流そうとしたが、みぞおちのあたりにほんわかとした温もりが生まれ、体じゅうに広がっていった。

「うん、本当だ。ルークはぼくがあの怖いおばさん、ハントさんに興味を持ってると思ってたんだけど、きみとのほうがうまくいくと思う、って言ってた。きみが器量よしになってきたからって」ジョゼフは言って、急に大胆な衝動に駆られてリジーの手をぎゅっと握った。

給仕係がラムのグラスをふたつと湯の入った容器をふたりの前に置いてから、ゆっくりその場を離れて、もうひとりの給仕係に、暖炉のそばにいる聖書の絵のマリアさまみたいな小さいご婦人を見てみなよ、と言いにいった。

「ねえ、お嬢さま」フィップス嬢が少しためらってから言った。「今夜は出かけないほうがいいと思いますよ」

「ただのちょっとした霧でしょう」エスターは言って、カーテンを元に戻した。

「霧が何もかもをどれほどよごすか、ご存じでしょう」フィップス嬢が、いつもの優しいけれど頑固な口調で続けた。「新しいオペラ用のドレスが、だめになってしまいます」

「マントをきちんと巻けばいいわ」エスターは苛立たしくもどかしい気分で言ってから、すぐに子どもっぽい感情を恥ずかしく思った。フィップス嬢は、とても良識ある人だ。エスターも普段は同じくらい良識ある人間だったが、こんなドレスを着るのも、オペラに行くのも初めての経験だった。金糸の織物でできたドレスは、仕立屋の技巧が生んだ奇跡のように美しかった。鏡で自分の姿を見たとき、別人になったような気がした。もしオペラに行かなかったら……誰にも……この姿を見てもらえない。エスターはその考えを口に出した。

「フィップスさん、オペラのボックス席に大金を払って豪華な服を着ても、ボックスに座る人も服を見る人もいなかったら、なんの役に立つの？」

「あすの晩に行けるでしょう」フィップス嬢が腹立たしげに指摘した。

「いいえ、行かなくてはいけない気がする」エスターは言った。「せめて、あのスキャンダルのあと、婚約者とされている人と公の場に姿を現すべきだわ」

「お好きなように」フィップス嬢が言った。「わたしのドレスはもう古びてますから、だめになってもかまいません」

「そのことだけど」エスターは、フィップス嬢の紫色の絹でできた地味なハイウエストのドレスを見て言った。「わたしの仕立屋で、欲しいものを遠慮なく注文していいのよ」

「お嬢さまはすでに、とてもよいお給料をくださってます」フィップス嬢が満足そうに言った。「うれしくてたまりませんわ。これまで働いてお金をもらったことなんてなかったんですもの」

「どうやって暮らしていたの?」エスターは、付添い人についてほとんど何も知らないことに気づいて尋ねた。

「裕福な親戚がたくさんいるんです」フィップス嬢が答えた。「たいていは、あちこちたらい回しにされています」

「苦労したのね！　ロンドンでは、どちらの親戚のお宅に滞在していたの？」

しかし、ときどき起こるのだが、フィップス嬢はどういうわけか耳が聞こえなくなったようだった。

「もし出かけるのなら」フィップス嬢が言った。「馬車を回すように申しつけたほうがいいでしょう。つまり、無粋なことをするのをいとわずに、公演をすべて見たいのならですが」

「どうしてそれが無粋なの？　ほかにオペラに行くどんな理由があるの？」

「見るため、見られるためです。終演後の夜食付きの舞踏会に行くことです。来るべきシーズンのために適切な人脈をつくることです」

「無粋なことをしたいわ、フィップスさん。よければ、今すぐ出発しましょう」

フィップス嬢があいまいにうなずき、馬車の用意を命じるために呼び鈴を鳴らした。

不思議な女性だわ、とエスターは考えた。太ってぼんやりしていて内気に見え、たいていは表に出たがらないのに、どういうわけか必要なときには必ずそこにいて、実際的なやりかたで仕立屋の請求書を確認し、どの店が最高の羽飾りや生地を売っているかを把握する。おまけに、使用人たちと接するのがとてもうまく、ハウスメイドが歯痛になったり、従僕が個人的な悩みを抱えていたりするときには目ざとく気づいた。これまでエスターは、自分をよい女主人と見なしていたが、苦情や悩みを直接聞かされたときを除けば、使用人たちを特に関心を払うべき人々として考えたことがなかった。使用人たちにきちんと服装を整えさせてきちんと食べさせ、教育と聖書の勉強を深めるためのあれこれに参加させていれば、義務は果たせていると考えていた。主人たちと同じように使用人たちも愛や情熱、苦悩や歯痛を抱えているというのは、新発見だった。たぶんフィップス嬢は、貧しい身内として裕福な親戚の気まぐれに左右される使用人のような生活を送ってきたことで、優れた洞察力を身につけたのだろう、とエスターは想像した。その想像は正しかった。この時代の人々は、神がひとりひとりに定められた地位を与え、それに腹を立てたり不満をいだいたりするのは神の意志にそむくことだと固く信じていた。多くの意味で、この信念は使用人が主人をうらやむのを防ぎ、主人が使用人の考えていることに煩《わずら》わされるのを防いでいた。

しかし、付添い人の素性について、さらに憶測したくなるできごとが起こった。今や息が詰まるほどの霧のなかを、馬車で少しずつコヴェントガーデンのほうへ進んでいるときだった。ロンドンは見えなくなり、濃い霧の海のなかを泳いでいた。馬車の窓の向こうには、黒い虚空が広がっていた。

「あら、まあ」フィップス嬢が、ストールの端で馬車の窓ガラスをこすりながら言った。「こんな天気のなか、ガイは出かけてくるかしら」

「ガイ？」エスターは鋭い声できき返した。「ガイ卿のこと？」

「はい、お嬢さま」

「ずいぶん親しげね。あの人と知り合いなの？」

馬車ががくんと揺れ、エスターは前に放り出された。屋根の跳ね上げ戸があき、御者が申し訳なさそうに叫んだ。「縁石にぶつかりました。この霧で、何も見えなくて」

「あわてないでいいわ」エスターは呼びかけた。

馬車がぐらりと動いた。しばらくして、エスターはフィップス嬢が質問に答えていないことに気づいた。「フィップスさん」

霧は馬車のなかにも入りこんでいて、フィップス嬢の顔はランプの薄暗い明かりの下で、ぼんやりとした白いかたまりになっていた。

「フィップスさん！」エスターはもう一度呼んだ。

今度は、かすかないびきしか返ってこなかった。

エスターは、フィップス嬢がガイ卿を呼び捨てにした事実を頭の片隅にしまいこんでから、小さな弟妹に考えを向けた。双子には婚約が一週間だけになることを説明していなかったが、婚約の知らせにふたりが大喜びしたことに不意を突かれた。アストリー円形劇場の舞台に現れた瞬間から、ガイ卿は双子にとって英雄だった。ガイ卿はおもしろい人だ。だって、エスターの舞台での演技を手助けして盛り上げてくれたのではなかった？　それに威厳がある。部屋いっぱいの無法者たちを鎮めてくれたのではなかった？　今では弟妹がスノーボールと呼んでいる小さな白い雌馬を、さらなる虐待からエスターが救ったという事実は忘れられたらしかった。スノーボールを連れ帰って、実際に厩に預け、自分の手で世話をしたのはガイ卿だった。スノーボールが弟妹のすばらしい乗用馬になるだろうと言ったのはガイ卿だった。あなたたちの英雄の品行は最悪なのよ、とふたりに話すほど無慈悲にはなれなかった。婚約解消を発表する日には、ふたりのために特別なごちそうを用意することに決めた。

レインバードならどうすべきかわかるだろう、と考えた。エスターの目には、レインバードはロンドンの使用人の匿名集団から抜きん出て、特別な人物になっていた。自分の執事として雇いたかったが、グレーヴズは善人だし、使用人の仕事がひどく見つけにくいこの時代に、執事を解雇する気にはなれなかった。もしかしたらレインバードのために、〝世帯監督者〟とかなんとかいう新しい肩書をつくれるかもしれない。バークリースクエアに落ち着いて、常にそばで助言を与えてくれるように。

ほかの女性たちなら、家計の意思決定や幼い子どもふたりの養育に関する心配ごとを引き受けてくれる夫を夢見るかもしれないけれど、エスターは結婚するつもりがなかった。

なのに、ロマンス小説を読むと、そのばかげた物語を笑いはしても、奇妙な切望で胸がいっぱいになるのだった。

またがくんと揺れて、馬車が止まった。

「着きました、お嬢さま」御者が呼びかけた。

従僕が馬車の扉をあけて、昇降段を下ろした。フィップス嬢が目を覚まして、窓から霧のなかをじっと見た。

「とても静かですわ、お嬢さま」フィップス嬢が言った。「たぶん公演は中止になったのでしょう」

しかしエスターには、そんなことが起こるとは信じられなかった。わたしの初観劇の夜なのに、こんなにすばらしいドレスを着ている姿を……誰かに……見せなくてはならないのに。

「ここでちょっと待っていて、フィップスさん」エスターは言った。

「従僕に見にいかせたほうがいいですよ」フィップス嬢が言った。「このひどい霧じゃ、二、三歩進んだだけで迷ってしまうかもしれません」

しかし、じっとしているのはもううんざりだった。

エスターは霧のなかへ降り立った。

「ママ！」近くで悲しげに泣く声がした。「ママ！」

「馬車に戻ったほうがいいです、お嬢さま」従僕の声が聞こえた。「劇場は閉まってるみたいです」

「劇場がそこにあるかどうかさえ見えないのに、どうして閉まっているかどうかがわかるの？」エスターは不機嫌に言った。「いいからここで待っていて、ジョン。あの子がなぜ泣いているのか確かめるから」

従僕のジョンは反対したかったが、意志の強い女主人をあまりにも畏《おそ》れていたので何も言えなかった。

「ママ！」子どもの声がまた聞こえた。

エスターはマントを体にしっかり巻いて、声のほうへ向かった。小さな人影とぶつかりかける。しゃがんで子どもを見ようとしたが、夜の暗闇とすべてを包む濃い霧のなかでは、ぼんやりした小さな姿しか見えなかった。

「最後にお母さまを見たのはどこだった？」エスターは尋ねた。「泣かないで。見つけてあげるから」

「ママといっしょにオペラに来たの」子どもが言った。「劇は見られないって言われたの。ナースメイドが、あたしと妹のルイーズをおうちに連れて帰るって。あたし、ふざけてちょっと馬車から逃げ出したの。ママが、劇場が閉まってるから戻ってらっしゃいって呼ぶのが聞こえた。あたし、おもしろくてちょっと遠くまで行ったの。そ、そしたら、ま、迷子に、な、なっちゃった」

「もう泣かないで」エスターは言った。「ほら！　手をつなぎましょう」子どもの手に触れるまで探ってから、しっかり握る。

「ジェーン！」左の向こうから、かすかな声がした。そのすぐあとに右の向こうから、「ジョーンズ嬢」と呼ぶフィップス嬢の声がした。

「すぐに戻るわ、フィップスさん」エスターは叫んでから、子どもに言った。「あなたの名前はジェーン？」

「うん」

「それじゃ、お母さまの声が聞こえたと思うわ。いらっしゃい」エスターは子どもの手を握り、左のほうへ歩いた。

「ジェーン！」ずっと近くで、はっきり声が聞こえた。「わたしといっしょで、無事です」エスターは呼びかけた。「見つけられるように、呼び続けてください」

声は素直に呼び続け、エスターは危うく馬車にぶつかりそうになったところで、やっと子どもの母親を見つけたことに気づいた。

馬車のランプはともっていたが、ただのぼんやりしたふたつの黄色い染みになって、霧を貫いてはいなかった。エスターは、一度も目で見なかった子どもを、やはり見えない母親に引き渡し、ほとばしるような感謝の言葉をしとやかに受けてから、自分の馬車を捜すために霧のなかへ引き返した。単に、来た道を戻ればいいだけのことだ。

しばらく歩いて、帰り道をたどり、またたどり直したあとで、完全に迷って――霧がひどいロンドンでも最悪の霧のなかで迷ってしまったことに気づいた。黒く厚い雲のなかから不吉な人影がぬっと現れ、幽霊のようにまた消えていく。

「フィップスさん！」エスターは大きな甲高い声で叫んだ。

「フィップスさん！」男の下品な声がまねした。

何度も何度も呼び、まねをしてからかう幽霊のような声にさいなまれながら、エスターは霧のなかをうろうろと歩き、徐々に怖くてたまらなくなってきた。初めて奮発して買った高価な宝石のなかでも、特にみごとな金とエメラルドのネックレスを着けている。豪華な衣装を身にまとっている。

エスターは自分に話しかけ始め、落ち着くように命じ、うろたえないように言い聞かせた。誰かの手がマントをつかんだので、おびえて小さな悲鳴をあげ、払いのけた。霧のなかから伸びてきた別の手につかまれ、また払いのける。たくさんの手がまるで炎のように服を舐め、エスターはそれを何度もたたきながら、つかまらないように逃げた。

とうとう、これまでに経験したことのない恐怖を覚え、頭をのけぞらせて悲鳴をあげた。「助けて！　助けてちょうだい！　襲われてるの！　助けて！」

静寂。

完全な静寂に包まれた。暗闇。しかし、静寂には何かが待っている気配があった。まるで見えない襲撃者たちが息をひそめて、夜警からの応答があるかどうか確かめようとしているかのような。

そのとき、遠くからかすかな応答の声が聞こえてきた。「叫び続けろ。今行く」

声の主がどこかの狡猾《こうかつ》な強盗ではなく本当に助けてくれる人でありますようにと天に祈りながら、エスターは呼んだ。「ここよ。わたしはここよ！　こっちよ！」

「呼び続けろ」かなり近づいた声が叫んだ。「そして動くな」

「助けて。助けてちょうだい！　ここよ。こっちよ！」エスターは叫んだ。

「見つけた、よかった」突然、耳もとで声がして、力強い両腕が回された。

「いや！」今度は陵辱《りょうじょく》を恐れて叫ぶ。「助けて！」

「ほら、ジョーンズ嬢、ぼくだ、ガイだよ。もうだいじょうぶだ」

「ガイ？」エスターはか細い声で言った。「ああ、ガイ卿、本当にあなたなの？」

「本当にぼくだ」なだめるように抱き寄せられ、エスターは自分を子どものように弱々しく無力に感じて、頭をガイ卿の肩に預けて泣き始めた。

「かわいそうな小さい天使」ガイ卿が慈しむように言った。これまで人に頼ったことなどない身長百八十センチのエスター・ジョーンズ嬢は、ガイ卿に両腕を回して抱き締め返し、やっと安心を感じた。

8

だから都会で生き、都会で死なせてほしい、
じつは田舎を楽しめないのだ、わたしとしては、
夏に住まう別荘を持たねばならぬというのなら、
おお、ペルメル街のさわやかな日陰側を与えておくれ。

——チャールズ・モリス

「なんてひどい晩だ！」レインバードは言った。「ジョゼフがうまくリジーを見つけられるといいんだが。こんな霧のなかを女の子がうろついているなんて、考えたくもないな。それに、ご主人さまも出かけている。おや、呼び鈴の音だ。戻られたに違いない」

レインバードは使用人部屋から裏階段を駆け上がり、表の居間に入った。しかしそこにいたのは、もう一本ワインを求めるロジャー氏だけだった。

「ガイ卿はどこにいるんだろう」ロジャー氏が言った。「ここにひとりで座ってるのは、ものすごく退屈だよ。今夜のオペラは上演されないだろうって言ったんだけど、ガイはどうしても行くと言って譲らなかったんだ。もしかするとジョーンズ嬢が行く気になるかもしれないからってね。愛とはすばらしいものだよ、レインバード」

「いかにも」レインバードは丁重に応じた。「お食事がまだですね、ロジャーさま。だいぶ遅くなって参りました。マグレガーにご夕食を用意させますか？」

「ああ、いや。どうするかな。くそっ、ワインはもういい。クラブまで歩いていく。きっと、セントジェームズ通りまでなんとかたどり着けるだろう。ガイ卿が戻ったら、来るように言ってくれ」

「承知いたしました。〈ホワイツ〉ですか、〈ブルックス〉ですか？」

「もちろん〈ホワイツ〉だ」トーリー党支持者のロジャー氏は言った。〈ブルックス〉には、ホイッグ党支持者が集まるのだ。

ロジャー氏が本気で歩くつもりであることを確認したあと、レインバードは地階に戻ってジェニーとアリスに、各寝室の石炭バケツをいっぱいにするのを手伝うように頼んだ。寒い夜になりそうだった。厨房の扉があいて、ジョゼフとリジーが手をつないで入ってきたときには、ほっとため息をついた。

暖炉に燃料を足し、ベッドを整え、缶にきれいな水を入れて化粧台に置くと、使用人たちは部屋に戻って腰を落ち着け、遅い夕食をとった。マニュエルがするりと入ってきて、テーブルの隅の席に着いた。

「ブランデーをどうだい、マニュエル?」レインバードが尋ね、アンガス・マグレガーに目配せした。

「ああ」スペイン人の従者が無作法に答えた。

マグレガーは、マニュエルを酔わせようというレインバードの意図を察して、ブランデーをたっぷり注いだ。使用人部屋が静まり返った。食事が終わると、ミドルトン夫人は裏階段の踊り場にある居間に退き、ジェニーとアリスはシーツを取り出して繕い始め、リジーは皿を片づけて、洗うために流し場まで運んだ。ゴシック怪奇小説に夢中になっていた厨房助手のデイヴは、しかられてリジーを手伝うように命じられた。

アンガス・マグレガーはマニュエルのとなりに座って、従者がグラスをあけるたびにお代わりを注いだ。

「終わったら、ぜんぶ洗わなくちゃならないわね」ジェニーが膝に広げたシーツのほころびを細かくていねいに縫いながら、ため息をついた。アリスがうなずいた。「ほんとに、ひどいわね、この霧は」ゆっくりとした温かい声で言う。霧は黄色がかった灰色の帯になって厨房に漂っていた。「何もかも、こうやって、きたなくしちゃうんだから。どうして、都会に住まなくてもいいのに住む人がいるのか、あたしにはわかんないわ。あのジョーンズ嬢だってそう。あんなにお金持ちなのに、一年じゅう、バークリースクエアで暮らしてるのよ。ご弟妹のためにも、よくないわ。スペインでも、こんな霧がかかることあるの、マニュエル？」

「いや」マニュエルが答えて、ブランデーを飲み続けた。

「会話にならないじゃない」ジェニーが言った。「たいていの使用人は、ちょっとしたうわさ話を楽しむものよ。でもあんたは違うのね、マニュエル。いや、ああ、いや、ああ、ばっかり」

「英語、あんまり得意、ない」マニュエルがむっつりと答えた。

「だけど、なんか変ねえ」アリスが言って、縫い針を下ろした。「ときどき、あんたのしゃべりかたは、芝居小屋のスペイン人みたいに聞こえる――イギリス人の誰かが、スペイン人のふりをしてるってことだけど――でもときどき、あんたの英語は、ご主人さまとおんなじくらいじょうずよ」

「行かないと」マニュエルが言って立ち上がり、テーブルにつかまって体を支えた。よろめきながら扉の外へ出ていき、おぼつかない足取りで階段をのぼる音が聞こえた。

「なぜあんなことを言ったんだ？」レインバードは腹立たしげに言った。「アンガスとわたしがあいつを酔わせて、酔いつぶれたら持ち物を探ろうとしていたのに」

「ちょっと待って」アリスが穏やかな声で言った。「自分の部屋へ行ったわ。あの様子じゃ、長くは起きてられないでしょう。静かじゃない？　ロンドンじゅうが死んじゃったみたいだわ。馬車さえ通りゃしない。ご主人さまは、ジョーンズ嬢を見つけられたのかしら」

「劇場からずいぶん遠くまで歩いてきたんだね、ジョーンズ嬢」ガイ卿は言いながら、腕をしっかり組み合わせ、エスターと並んで歩いた。

「わたしのふるまいのこと、お詫びします」エスターはこわばった声で言った。「いつもは知らない人に抱きついたりしないんです。取り乱していて」

「無理もないよ」ガイ卿がなだめるように言った。「でもぼくたちはもう、知らない人同士とは言えない。しかも婚約してるんだからね」

「一週間だけよ」エスターはきっぱりと言った。

「社交界でつき合いを広げる予定ならきっと、なぜぼくをふさわしくないと思ったのかきかれるよ。どんな理由を話すつもりだい？」

「理由を話す必要なんてないわ」エスターは言った。「世間は単純に、わたしが正気を取り戻したと思うでしょう。あなたは有名な放蕩者ですもの」

「とんでもない。ばかなパーティーを一回開いただけで……」

「あんなパーティーをね。誰だろうと評判がだいなしになって当然だわ」

「貴族の一員なら違う」ガイ卿が言った。「社交界はぼくのすべてを許してくれるよ。特に、きみがどれほどしっかりぼくを改心させたかを見れば」

「放蕩者は決して改心しないわ」エスターは言った。

「その種族に関するそういう知識は、どこで得たんだい？」

「父が母に、この上なく不幸な人生を送らせたの」

「なるほど、でも、もしかするとお父さんは、結婚後に放蕩者になったのかもしれない。だけどぼくは、放蕩者だったんだ。そのふたつはまったく違う。ぼくはきみと結婚すると心に決めたんだ、ジョーンズ嬢。はっきり言ってなかったかもしれないけど」

「なぜ？」

「なぜなら、同族のみんなと同じく、ぼくは欲得ずくだからさ。きみには、証券取引所で金を儲《もう》けるまれな才能があるようだ。その才能を利用しようと思ってる」

「予想していたとおりだわ」エスターはため息をついた。「結婚しなくても、わたしの手助けを利用していいのよ」

「もちろん、ほかの理由もある」

「たとえば？」エスターはそっけなく尋ねた。

「きみの髪は炎のよう、きみの目は魔女の目、きみの体は五感をわき立たせ、しかもきみには奇妙な心の強さがあって、それがぼくの心を活気づける。さらにぼくは、きみを愛している。続けるかい？」

「いいえ。もうじゅうぶんよ。ひとことも信じていませんから」エスターはどぎまぎして叫んだ。裏切り者の体が、ガイ卿の言葉にまるで愛撫《あいぶ》されたかのように反応していたからだ。「どこへ向かっているんです？　あてもなくさまよっているみたい」

「ここがどこなのか、さっぱりわからないんだ」ガイ卿が気楽な調子で言った。

「まあ、何も考えずについてきてしまったわ。かわいそうなフィップスさん。ものすごく心配しているでしょうね」

「だいじょうぶ。劇場の外でフィップスさんときみの使用人たちに出くわしたんだ。絶対にきみを見つけるから安心してくれ、と言っておいた。三十分待ってから、バークリースクエアに戻るように言ったよ。見た目ほど強い女性じゃないんだ」

「あの人を知っているのね」エスターは言った。「以前からの知り合いなんだわ。やっとすべてがわかった。悪賢いレインバード。急なお願いだったのに付添い人を見つけてくれてすごく感謝したわたし。フィップスさんは、あなたの貧しい親戚なのね！」

「ぼくの従姉なんだ」

「わたしにうまく押しつけたのね！」

「いいかい、ぼくのすてきな良識あるジョーンズ嬢。どこかの愚かな女性にきみの付添いなどさせないよ。きみを大切に思ってるから」

「それに、あなたの家で貧しい親戚を抱える必要がなくなるものね」

「そのとおりだ」

「フィップスさんには今夜、出ていってもらうわ」

「なぜ？　すばらしい働きをしてるみたいだけどな。それに、フィップスさんがきみを敬愛してることを否定できるかい？」

「どうしてわたしにわかるの？」エスターは惨めな気持ちで言った。「あなたはわたしのいないところで策略を巡らせていたのよ。ようやくわかったわ！　無一文なのね」

「とんでもない、すごく裕福だよ」

「もう放っておいてくださらない？」

「悲しいかな、無理だ」

「わたしに生きていてほしいんでしょう。だったら……家に帰して！」

「震えてるね」ガイ卿が言った。「癇癪を起こすといかに体温が下がりやすいかについては、驚くべきものがあるな」

「癇癪なんて起こしていません」エスターは言った。「この霧のなかから出たいの」

「出られるよ。適当な居酒屋か喫茶店に入って、ここがどこなのか確かめよう」

エスターはガイ卿の顔を見ようとしたが、霧があまりにも濃くてほとんど何も見えなかった。

「い、本当に道がわからないの？」エスターは尋ねた。

「誓って本当だ。左のほうから音が聞こえる。あっちに行ってみよう」

ぼんやりにじむ明かりが、いきなり数センチ手前に現れた。

「入ろう」ガイ卿が言った。

エスターはたじろいだ。「大衆酒場には入れません」

「だったら、ここが大衆的でないことを願おう。これ以上霧のなかを歩き回れないからね」

ガイ卿はエスターを、霧の立ちこめた暗い酒場のなかへ導いた。隅に座った男ふたりは半分眠っていて、ほかに客はいなかった。

ガイ卿とエスターは、暖炉の前の長椅子に並んで座った。亭主がせわしなくやってきた。「ここはどこだ?」ガイ卿はきいた。

「ジョージヤードです、ロングエーカーの外れの」

「いやあ、ずいぶんさまよってたんだな。パンチの材料を持ってきてくれ」

「わたしはレモネードのほうがいいわ」エスターは少し間を置いてから言った。

「パンチを飲めば温まるよ」ガイ卿が言った。

「パンチを飲むと、酔うかもしれないわ」

「それを見たいんだ――無表情なジョーンズ嬢が、顔をほころばせるところを」

「わたしは無表情なんかじゃありません！」

「いや、無表情さ。彫像にそっくりだ。鼻についたすすのよごれに至るまで」

エスターは苛立ちの声をあげた。レティキュールから鋼《はがね》の鏡を出し、ハンカチで鼻を軽くたたく。

「ほら、貸してごらん」ガイ卿は優しい声で言った。エスターの手からハンカチを取り、人差し指を顎に当てて、顔を上げさせる。それからすすのよごれをぬぐって、微笑みながら大きな目を見下ろした。唇はピンク色でとても柔らかそうだ、と気づいた。公園でキスしたときの感触を思い出した。その記憶がガイ卿の目をきらりと光らせ、エスターはさっと顔を背けた。ちょうどそのとき、亭主がトレーを持って近づいてきた。トレーには、レモン二個、ラム酒半パイント、ブランデー半パイント、砂糖百グラム、ナツメグ茶さじ半分、そして湯の入ったやかんと大きなボウルがのっていた。

「つくりましょうか？」亭主がきいたが、ガイ卿は手を振って断った。

エスターは、パンチをつくるガイ卿を見つめた。まず、棒砂糖をレモンの皮に当てて、黄色くなるまでこする。すっかり作業に没頭しているように見えた。エスターはふたたび、からかうように半分閉じたまぶたと、唇をきゅっとひねるおどけた笑み、貴族的な鼻、金色の髪の輝きに目を留めた。まるでロンドンの霧からというより、従者のいる部屋から今出てきたかのように驚くほど清潔でぱりっとして見えたが、エスターは店《たな》ざらしの使い古された容貌だと自分に言い聞かせた。魂自体がその生活によって堕落していなければ、この人が送ってきたような暮らしは送れないはずだ。エスターは嫌悪に唇をゆがめてから、ガイ卿に好奇のまなざしを向けられていることに気づいた。

「きみはそこに座って、ぼくを腐った肉の切り身みたいに感じさせてるよ」ガイ卿が言った。「そんなにひどいにおいがするかな？」

「あなたの不滅の魂について考えていたんです」

「過つは人の常、許すは神の業、だよ、ジョーンズ嬢。それとも忘れたのかい？」

エスターはとがめるように唇を固く結んで、答えなかった。

ガイ卿はパンチをつくり終えて、グラスを差し出した。エスターは慎重に口に含んだが、それは甘くぴりっとしていて、とても飲みやすかった。

「どうしてずっと都会で暮らしてるんだい？」ガイ卿がきいた。

「田舎が好きじゃないの」

「えっ、どうして？」

「ずいぶんたくさん質問をするのね」エスターはため息をついて、グラスにお代わりを注いだ。「都会が好きなのは、秩序立っていて平穏だからよ。ここでなら匿名のままでいられるわ。田舎では、みんながうわさ話をして、みんながおせっかいを焼く」

「社交界に仲間入りするつもりなら、ここでは人々がはるかに多くのうわさ話をすることがわかるよ。だって、ほかにすることがないからね。ずっとお互いを観察して、スキャンダルを探し、社会的な鎧の弱点を探してる。ぼくなら、子どもたちには田舎の空気のほうがいいと考えたかもしれない。双子をブライトンに連れていったこともないのかい？」

「ないわ」

「自分の恐怖心を、永遠に小さな弟と妹に負わせるわけにはいかないよ。ふたりはほかの子どもたちともつき合うべき……」

「子どもたちのパーティーに来た、あの無法者たちみたいな？」

「あの無法者たちは母親といっしょだった。家庭教師といっしょのときは、まったく違う態度になるよ。それに、ピーターには家庭教師をつけるべきだ。あの子は乗馬や釣り、狩りはできるかい？」

「ロンドンにいれば、どれもする必要はないわ」

「誰か、バークリー狩猟クラブにそれを言ってほしいな」ガイ卿が笑った。「彼らは猟犬訓練用の狐《きつね》を追って、庭や胡瓜畑《きゅうりばたけ》をめちゃくちゃにしながら、ケンジントン宮殿の壁際まで狩り立てるんだよ」

「ピーターはスノーボールの乗りかたを習っているわ。公園で、あなたが気を失っているあいだに、わたしが助けたあの小さな雌馬よ。本当に、わたしがこのお酒をもっと飲むべきだと思うの？」

「ああ。公園での発作のことは、すまなかった。どうやら戦闘を思い出させる何かを見たり聞いたりするだけで、死んだ者と死にかけた者のなかへ逆戻りしてしまうらしい」

「でも、戦争の光景や音を恐れる必要は、もうないでしょう」エスターは言った。

ガイ卿が困惑の表情をした。「完全な兵士のように、無情になれるということかい？」

「いいえ、もう戦場には戻らないということ……」

「とんでもない、愛しい人。新婚旅行を終えたら、必ず戻って隊の指揮をとるつもりだよ」

「ああ、それならあなたも、ほかのあらゆる男性と同じね。子どもを持つために結婚して、そのあと妻を置き去りにして、まったく別々の生活を送るのよ」

「ぼくは、きみにいっしょに来てほしいと思ってたんだ。ウェリントン将軍は、永久にポルトガルにとどまりはしないだろう。じきにスペインに移動する」

エスターは目を丸くしてガイ卿を見た。

「そんなに異例ではないよ」ガイ卿が言った。「多くの兵士は妻を連れてる」

「わたしを愛しているのなら、危険にさらしたりはしないでしょう」

「いっしょに前線に加わってほしいとは言わないよ、ぼくの女戦士さん」

「ピーターとエイミーはどうするの？」

「ピーターは学校に行くだろう。きっと大喜びするよ。エイミーは、フィップスさんといっしょに父のところに行けばいい。ぼくの小さな姪や甥《おい》と、一日じゅう遊べる」

「わたしたち、お互いをほとんど知らないのに、あなたは何もかも計画しているのね」

「愛は脳の働きをすばらしく活発にするのさ」

「くだらないことを言わないで。わたしの株取引はどうするの？」

「お金はじゅうぶんあるだろう、かわいい欲ばりさん。軍隊ではそんなに必要にならないよ。仮にぼくがきみを祭壇まで引っぱっていくことに失敗したら、きみはどんな生活を送るんだい？」

「これまでと変わらないわ」エスターは答えた。「秩序立っていて、快適で——」

「退屈。ああ、すごく退屈だ。おかしな執事に頼ってばかりいられないよ」

「レインバードに、うちで働くように頼んでみるつもりなの」

「でも、引き受けるかな？　レインバードには責任がある。言っておくけどね、ジョーンズ嬢、クラージズ通りの屋敷にいるのは使用人の集団じゃないんだよ。あれはひとつの部族で、レインバードは酋長《しゅうちょう》さ。全員がビーズと羽を身に着けて槍《やり》を持ってるところを思い描けば、彼らのことをもっとよく理解できるかもしれない」

どうしてそうなったのかエスターにはまったくわからなかったが、不意に未開の部族の服装をした使用人たちという発想が、ものすごくおもしろく思えた。頭をのけぞらせて笑うと、マントが肩からすべり落ちて、豪華なドレスとエメラルドのネックレスが見えた。

隅に座っていたふたりの男が立ち上がり、そっと出ていった。ガイ卿はその姿を目で追った。

それから、まだ笑っているエスターのほうに注意を戻した。

「酔ってるんだね、愛しい人」ガイ卿は言った。

エスターは笑うのをやめた。「これがそうなの？」

「たぶんね。もう少しどうだい」

「もう飲まないわ」エスターは言いながら、グラスを差し出した。「あなたの勘違いだと確信していなければね。暖炉の暖かさが、体にいい効果を与えてるだけよ」

「あまり長くはいられないよ」ガイ卿は言った。「荒っぽそうなふたりの男が、きみのネックレスを見てから立ち去った。強盗仲間を捜しにいったのかもしれない」

「ばかばかしい！」エスターはすばらしく高揚した気分になって笑った。

「あるいは、そのまま霧のなかで迷子になるかもしれない。ああいう鼠《ねずみ》どもは、夜の狩りに慣れてるけどな。かわいいエスター、きみとならいつまでもここで座っていられるけど、どうやら危険が迫ってるようだ」

「わたしのことをエスターと呼ぶ権利はないわ」エスターがしかつめらしく言った。「たとえ結婚してもね。わたしはあなたをガイ卿と呼ぶし、あなたはわたしをレディ・ガイと呼ぶのよ」

「ぼくと結婚する決心をしてくれてうれしいよ」ガイ卿は言った。一枚の紙を取り出し、それを掲げる。「ほら！　結婚特別許可証だ」

「まさか！」エスターが叫んだ。「冗談を言っていたのよ。どうやって結婚特別許可証を手に入れたの？」

「またいとこのひとりが、主教と結婚したのさ」

「なぜそんなに急ぐの？　なぜ？　もしわたしが結婚するなら、しかるべく、結婚式は婚約から一年後に予定するつもりよ」

「愛しいエスター、その輝かしいほどお堅い外見の下には、ぼくをいじめるためならどんな男とでも結婚しかねない奔放で危険な女がいる。ぼくはきみを自分だけのものにするつもりだ。できるだけ早く」

「あら、無理よ」エスターが言った。「驚くかもしれませんけど、わたしは純潔なんです！」

「すばらしい」ガイ卿はおもしろがって言った。「そうでなかったら、手に入れようとは思わないな」

「だけどあなたは、たくさんの女性を手に入れてきたでしょ」

「長いあいだ戦争に行ってたから」ガイ卿は言った。「ぼくの……その……楽しみは、ごくたまにしかなかったよ」

「だとしても、そういう親密な関係が少しでもあったと思うといやなの」

ガイ卿は両手でエスターの頰の両側を包み、探るように目をのぞいた。「きみの言うとおりかもな」まじめに言う。「その気のない花嫁を手に入れようとは思わない。でも一応、確かめておこう」

ガイ卿は、顔をうつむけてキスをした。エスターは両腕に抱かれながら無反応で座っていた。その唇は冷たくこわばっていた。唇を離すと、エスターはきびしい目を向けた。

ガイ卿は、驚きと落胆をこめてエスターを見つめた。

そのとき、酒場の扉がばたんとあき、四人の男が押し入ってきた。火に燃料を足そうとして近くにいた亭主は、男たちをひと目見ると、カウンターを飛び越えて引き返し、姿を消した。

ガイ卿は立ち上がり、連中が近づくと、ステッキを握った。

ばかみたいなステッキだ、とぼんやり考える。銀の取っ手と銀の飾り房がついた、小さな黒檀製《こくたんせい》のなんの役にも立たない代物だった。

エスターも立ち上がり、ガイ卿の後ろに立った。

四人の男の親玉は、ずんぐりしていて頑丈そうだった。「宝石を渡しな」と言う。

「そうすりゃ、痛い目に遭わねえで済むぜ」

ガイ卿はじっと立って、男たちを見つめていた。それから「下がって」と低い声でエスターに言った。

エスターは後ろに下がって暖炉の横まで移動し、何か武器はないかと必死にあたりを見回した。

ガイ卿は、男たちと向き合って立ったままでいた。〝どうして何もしないの?〟とエスターは声に出さずに言った。

「口が利けなくなっちまったらしい」男のひとりが耳障りな笑い声をあげて言った。

「早いとこやっちまおうぜ、でなきゃひと晩じゅうここで立ちんぼだ」

親玉が、ガイ卿に迫ってきた。

一瞬前までそこに立って物憂《ものう》げに連中を見ていたガイ卿は、次の瞬間、稲妻のように動いた。ステッキを振り上げて取っ手を親玉の頭にたたきつけると、バキッという不快な音がした。ほかの男たちが突進してきたので、ひらりと身をかわして牽制する。次の襲撃者を店の向こう側へ放り投げ、さっと脚を回して三人めの口のあたりを蹴りつけ、体の向きを変えてパンチのボウルをつかむと、最後の男の顔に中身をぶちまけた。それからエスターの手をつかんで、酒場の外へ引っぱり、そのまま引きずるようにして通りを走ったあと、ようやく足を止めた。

ガイ卿は腕のなかにエスターを引き寄せて、しっかり抱き締めながら、追っ手がいないかどうか耳を澄ました。

ふたりのまわりで、うねるように広がるロンドンの霧に隠された街は、人影もなく静まり返っていた。

「家に帰して」エスターは震えながらささやいた。「家に帰りたい」

「それならキスしてくれ」

「いやよ」

「朝まできみをここに引き留めておこうか。キスしてくれ」

「淑女らしくないことよ」エスターはむせぶように言った。「もう。わかったわ」

ガイ卿の顔が見えなかったので、キスは頬をとらえた。ガイ卿はエスターをきつく抱き締めて、唇で唇を探った。しっかり重ね合わせると、反応がないことなどかまわず、優しく撫でつけるように、それからもっと激しくキスをした。ようやく反応が返ってくるのを感じた。エスターは最初、自分がお酒に酔っているのだと考えた。脚が震え、腕の力が抜けてきた。抵抗できない。飲んだパンチと感じた恐怖のすべてが今夜の奇妙さと相まって、残った防御の力を奪い去った。もしガイ卿が両手をさまよわせ、さらに親密に触れようとしたら、おびえて押しやったかもしれない。しかしガイ卿は、今はキスだけでじゅうぶんだと感じた。反応を確信すると、愛する人にキスする単純な満ち足りた喜びに浸り、このひとときに優しさを添えようとしながら、エスターの体が活気づくのを感じ、背中を抱く両手にかかる髪の重みを感じた。

ガイ卿は何も言わなかった。愛の言葉を口にしたり求めたりすれば、魔法が解けてしまうのではないかと怖かった。もしエスター・ジョーンズ嬢が、黙りこくって、ときどきロンドンの霧深い名も知らぬ通りのまんなかで激しくキスすることに満足なら、ガイ・カールトン卿は喜んで望みどおりのものを与えるつもりだった。

遠くから聞こえた夜警のしわがれた叫び声で、ふたりは現実に引き戻された。

「きっと永遠に確信が持てないわ」エスターが低い震え声で言った。「あなたがわたしに誠実だなんて」

「どんな男だって、人生のある時期にはばかなことをするんだよ」ガイ卿は言った。「きみも何かばかなことをしてさえいれば、エスター、ぼくの立派とは言えない両腕による庇護《ひご》をうれしく思うだろう。賭けてみてくれ。結婚しよう。立派なジョーンズ嬢だって、ロンドンの通りで男にキスをしたら、その男と結婚しないわけにいかないことはわかるはずだ。ぼくがうわさを立てて、きみをふしだらな女と非難するかもしれないよ」

「でも、あなたはしないでしょう」

「ふむ、ぼくがそんな模範的人物なら、きみにふさわしいくらい立派になれたのにな。ところで今確かに、馬車の音がした」

重い足取りで歩く馬のひづめの音が聞こえてきた。

「おおい！」ガイ卿は呼んだ。「そこの御者！」

霧のなかから、暗闇よりさらに黒い馬車の巨体がぬっと現れた。

「迷ってしまったんだ」御者席から悲しげな声がした。「名前はストローザーズだ。きみは紳士のようだな」

「ジョージ・ストローザーズ！」ガイ卿は叫んだ。「ぼくだよ、ガイだ」

ガイ卿はエスターを振り返った。「飲み友だちのひとりだ」と言って、馬車に向き直る。「ストローザーズ、ぼくたちを乗せて、文明化された場所へ連れていってくれ」

「できないよ」ストローザーズ氏が言った。「ガイ、よかったら、試しに手綱を握ってみてくれ。ぼくは帰り道を見つけようと、かわいそうな馬たちを何時間もぐるぐる走らせてる」

ストローザーズ氏が助手席に移動し、ガイ卿はエスターに手を貸して御者席に乗せた。ガイ卿が手綱を取り、エスターがまんなかに座って、馬車は霧のなかを出発した。

ガイ卿とエスターは、松明持ちの少年の明かりを見つけると馬車を止め、霧のなかに見えるあらゆる景色について細かく尋ねて、どうにか馬車をうまくブロード通りまで導き、その先のハイ通りを進んでからオックスフォード通りに入って、ボンド通りを南下し、角を曲がってヘイヒルに入り、バークリースクエアまでたどり着いた。エスターとガイ卿はお礼を言って、ストローザーズ氏がバークリースクエアの外れのヒル通りにある自宅へ向かうのを見送った。エスターは、ストローザーズ氏の顔さえわからなかったことをなんだか奇妙に感じた。

腹立たしいことに、ガイ卿が家のなかについてきた。エスターは、今夜のできごとにうろたえていた。パンチの影響が消えていくにつれ、自分のふるまいが恐ろしくなってきた。フィップス嬢が部屋着で現れた。ガイ卿にも見覚えがある、ものすごく巨大なナイトキャップをかぶっている。そして薄い色の目を心配そうに見開き、エスターの思わぬ体験について慰めの言葉をかけた。エスターはフィップス嬢を解雇するつもりだったが、付添い人の母親のような気遣いをうれしく思っている自分に気づいた。

しかしフィップス嬢は、ふたりがお茶のトレーを前にして暖炉の火で温まったことを確かめると、すぐさま双方に優しい笑みを向けて部屋を出ていき、エスターとガイ卿をふたりきりにした。

「なんて優秀な付添い人を選んだのかしら」エスターは皮肉っぽく言った。

「従姉の考えとしては」ガイ卿が言った。「ぼくたちは婚約していて、ふたりきりになりたがってるんだ。さあ！　お茶を飲んで寝るといい。きみに指一本触れるつもりはないよ。この不快な部屋にいると、どんな人でも逃げ出したくなる」

「ここは、きちんと設《しつら》えられた魅力的な部屋だわ」エスターはかっとして言った。

ガイ卿は片方の眉をつり上げて、開いた聖書からいかめしい家具、陰気なカーテンまでを眺めた。

「わかるでしょう！」答えが返ってこないので、エスターは続けた。「なぜ結婚しなければならないの？　なぜ自分の趣味をけなされて、平穏な生活をひっくり返されなければならないの？」

「愛のためさ」ガイ卿が言って、お茶のカップを置いた。そして立ち上がったので、エスターは椅子の上で身を縮めた。「キスはしないよ」ガイ卿が言った。「お休み、ジョーンズ嬢」

不意にガイ卿の顔が疲れてやつれ、これまでより老けて見えた。青い目はまじめそのものだった。ガイ卿は、お辞儀をして去った。

エスターはひとりで座り、炎を見つめた。もしかするとガイ卿はわたしに嫌気がさし、立ち去ってもう二度と会わないつもりかもしれない。頭痛がしてきた。パンチには、気力をひどく萎《な》えさせる効果があるらしい。


ガイ卿は自分で扉をあけて、クラージズ通り六七番地の屋敷に入った。三人の使用人が、玄関広間で待っていた。レインバード、マグレガー、ジョゼフ。

「寝ないで待ってる必要はないよ」ガイ卿は少し心を打たれて言った。

しかし、自分の必要に応じるために使用人たちが寝ないで待っていたという認識は、すぐに追いやられた。レインバードがこう言ったからだ。「ご相談したい、きわめて重要な問題があります、ご主人さま」

「表の居間へ来い」ガイ卿はため息をついて言った。「ロジャーさんは帰ってるか？」

「〈ホワイツ〉から戻られていません」

「おや、あそこへ行ったのか？　それなら朝まで戻らないだろう。さあ、話せ、レインバード。なんだ？」

レインバードが、小さな黒い手帳を出した。「ご主人さまの従者、マニュエルがフランスのスパイだと確信するだけの理由があります」執事が言った。「勝手ながらマニュエルが眠っているあいだに服を探ったところ、これを見つけました。すべてスペイン語で書かれていて、わたしたちの誰もスペイン語を読めません」

「そんなばかげた話は聞いたことがない」ガイ卿は疲れた声で言った。「貸してみろ」

書かれているのは、二ページ分だけだった。注意深く読んでから、口もとをゆがめて笑う。「ぼくに読んでもらいたいか？」ガイ卿はきいた。

「お願いします」レインバードが答えた。

「よろしい。書き出しはこうだ。〝この屋敷はいけ好かない。執事はぜんぜん執事らしくないペテン師だ。ひどく不細工で、嫌なにおいがする。料理人は野蛮人で、乱暴な言葉遣いのスコットランド人だ。とんでもなく怒りっぽい。従僕は……〟」ガイ卿は眉をつり上げた。「続けないほうがいいと思うよ。これを元の場所に戻して、もう二度とぼくの従者の持ち物を勝手にいじらないでくれ。他人の手帳を読む者は、鍵穴から盗み聞きする者と同じ目に遭うようだ。自分に都合のいいことは何も聞けない」

レインバードが手帳を受け取り、三人の使用人たちはすり足で出ていった。

「陰険なちびめ」アンガスが息巻いた。「意地の悪いことばっかり書きやがって」

「ぼくのこと、なんて書いたのかなあ」ジョゼフが言った。「むだに遅くまで起きて、すっかり疲れちゃったよ。ぼくとリジーは、歩いて歩いて、もう二度と帰れないんじゃないかと思ったんだ」

使用人たちがポケットに手帳を返すと、マニュエルは片目をあけた。それからふたたび閉じて、ほくそ笑み、眠りに戻った。

9

シャーロットが最初に娼婦の一団に加わったとき、
あの女は百ポンド要求した――わたしはそれ以上を与えた。
翌年、取引の価格は五十ポンドに下がった、
もはやぜいたくだと思ったが、わたしは払った。
半年がたち、そのときには二十ギニーだった。
望みどおりではなかったが、十ギニーを無理に差し出した。
さらに三カ月足らずが過ぎ、
あの女は戯れに四ギニーを請うた。
わたしは値切った――要求はさらに控えめになった、
二ポンド二シリングで「ご親切にありがとうございます」
次に通りで会うときにはうまくやれるかもしれない、

二、三シリングとジン一杯で。

——そして今では（悲しくもすばらしい話ではあるが）

たとえ百ポンドもらってもあの女には触れないだろう。

——作者不明

翌日もずっと、うんざりする息苦しい霧があたりを覆い続けた。エスターが社交界に出る機会はないように思われたが、驚いたことに、社交界のほうが訪ねてきた。ついに大きな富という誘惑に引き寄せられたかのように、馬車が次々と到着し、上流社会の紳士淑女が群れを成して降りてきた。

エイミーとピーターは喜んだ。応接室いっぱいの社交界の人々をもてなしているエスターには、授業をする時間がなかったからだ。しかもエスターは子どもを同席させるのが無粋であることを知らなかったので、ピーターとエイミーは社交界の人々にちやほやされた。ジョーンズ嬢に取り入るには、まず幼い弟妹から始めるべきだと人々が判断したからだ。

最初、エスターは困ってしまった。話すことが何もない、というより、無難な話題がなかった。ナポレオンとの戦争や、使用人たちの幸福、現在の政治情勢などについての自分の興味はあまりにも庶民的すぎて、おおぜいの知らない人々について驚くべき速度でおしゃべりを続ける客たちの前では持ち出せなかった。高齢の貴婦人を好む皇太子の趣味も、大きな話題になった。愛人についての殿下の好みは、官能的な情熱の夜よりも平凡で感傷的な家庭生活への切望を示している、と主張する人もいた。

そのとき、ガイ卿が案内されてきた。そしてすんなりと、とても巧みにもてなし役を引き継いだので、女相続人の気を引けたらという望みをいだいていた数人の野心家たちは、ほどなく退散した。エスターは緊張を和らげて、ガイ卿があれやこれやと軽快なおしゃべりをするあいだ、みんなの飲み物や食べ物が足りているかどうかを確かめたりする簡単な義務に専念できた。まだ街に住んで間もない男性が、とてもたくさんの社交界の些細なうわさ話を集められることが、エスターには驚きだった。ガイ卿を嫌いになりたかったが、エスターの良心は、あの人がひどく決まり悪い状況から救ってくれたうえに、社交上の体裁をよくしてくれたことを認めていた。

ガイ卿は十五分間そこにとどまってから、双子を連れて、小馬のスノーボールと新しい荷馬車で出かけ、ピーターがどのくらい手綱を操れるか見てみようと申し出た。

ピーターとエイミーは顔を輝かせ、ガイ卿の両手にそれぞれがしがみついて、出かけていった。

エスターは午前中、婚約解消を知らせる広告文の下書きをしていたのだが、たとえお金があっても、ガイ卿がいなければ社交界のどんな人とのつき合いもひどくむずかしくなるだろうと気づき始めた。わたしはもともと、庶民に近い心を持っているのだろうか、といぶかる。じつは、レインバードと気楽なおしゃべりをするほうが好きだったからだ。今朝レインバードがここに立ち寄ったので、エスターはフィップス嬢の件についてしかった。

しかし冷静な執事は、たまたまガイ卿の従姉だったとはいえ、フィップス嬢が尊敬すべき貴婦人で、そういう人はきわめてまれであることを指摘した。さらに、もしフィップス嬢がガイ卿の従姉であることを最初に伝えていれば、ジョーンズ嬢は雇わなかっただろうから、どちらの女性もぴったりの話し相手を得る機会を逃していたはずだ、とつけ加えた。

いつものようにその常識的な判断力になだめられたエスターは、レインバードにこの屋敷で働いてほしいと申し出た。レインバードは少し考えさせてほしいと答えたが、断るつもりであることは伝わってきた。

ただの使用人がお金より友人への忠誠を大切にするというのは、エスターにとっては耳新しい考えだった。これまで、下層階級の誰かを個人として考えたことはなかった。ひと括《くく》りに無名の集団のようなものと見なしていた。レインバードは、そのもうひとつの世界に目を開かせてくれた。

エスターが社交界で評判を落とす原因となったのは、その目覚めだった。

戦争への不安と侵略の脅威がふたたびロンドンをとらえるにつれ、社交界は逆に、軽薄なものごとにこれまでになく没頭し始めたかに見えた。しゃれ者たちは、その第一人者ジョージ・ブランメル氏に率いられて、セントジェームズのクラブに集まり、自分たちの機知——たいていはひどくお粗末なだじゃれ——に磨きをかけていた。部屋いっぱいのしゃれ者たちが、ユーモアのかけらも見せずに自分たちの服装について何時間も話すこともあった。

ロンドンがかつてないほど貴族崇拝の大きな波にのみこまれるにつれ、社交界の規則はさらにきびしくなった。息子たちは、母親の見た目に落ち度があると考えれば、あからさまに無視した。娘たちは、有名な社交クラブ〈オールマックス〉の入場券が手に入らないとわかると、自ら命を絶とうとした。

おそらく、使用人たちが部族に似ているというガイ卿の軽率な発言は、同じ上流階級の人々に向けられるべきだった。エスターは特殊なしきたりとタブーがある世界に入ろうとしていて、そこに関する知識を、エリザベス朝時代の探検家が初めてアメリカインディアンに遭遇したときと同じくらいしか持っていなかった。

父親が田舎で醜聞まみれの生活を送ったせいで、エスターは同じ階級の人々をずっと遠ざけてきた。だからフィップス嬢は、雇い主にどれほど社交上の知識が欠けているかを知らなかった。エスターは思春期の女性とは見なせないけれども、フィップス嬢の考えでは、貴婦人たちはひとりでに社交上のふるまいのすべきこととすべきでないことを吸収するものだった。

　エスターが公演の冒頭からオペラを観たいと考えたのは、フィップス嬢の目には奇妙だが無害な行動に映った。

　だからひどい霧が吹き払われ、すすけたロンドンに太陽の光が降り注ぎ、空気がふたたび春の暖かさを取り戻すと、ふたりの貴婦人は気持ちよくおしゃれと優雅さと安心感を味わいながら、オペラに出かけた。

　エスターは、白いサテンの上に天然の花で染めたフランス製のレースをあしらったドレスをまとっていた。頭には紫水晶の新しいティアラを着けている。フィップス嬢に、ダイヤモンドは〝仰々しすぎますよ〟と教わったからだ。髪を切ったので、つやのある赤い巻き毛が縁なし帽のように頭を覆っている。髪を切ってしまったことをガイ卿は怒るだろうかと考えてから、あの人がどう思おうと関係ないと自分にきつく言い聞かせた。

　フィップス嬢は、金の留め金で両側を留めたモラヴィア製モスリンのハイウエストのドレスを着ていた。ほっとしたことに、ガイ卿との関係を隠していたことを、エスターはごく控えめにしか責めなかった。フィップス嬢は、これまで以上にエスターに尽くしたが、それでもガイ卿にオペラを観にいくことを伝えておいた。

　エスターは上演作品にがっかりした。『道化師の復讐《ふくしゅう》』という題名で、ダイアー氏という人が〝イタリア風に〟書いたものだった。ばかげたつまらない作品だったので、エスターの目は観客のほうにそれた。

「中央のボックス席に、付添い人のいない貴婦人たちがおおぜいいるわ」フィップス嬢にささやく。

「娼婦ですよ」フィップス嬢が言った。「見てはいけません。おや、あちらにいらっしゃるのはブランメルさんとアルヴァンリー卿、そしてほら、今入っていらしたのがピーターシャム卿ですよ。一年を通して毎日、違う種類のかぎ煙草《たばこ》を持っていらっしゃるんです」

　しかしエスターの目は、気がつくと娼婦に引き戻されていた。フィップス嬢に教えてもらわなければ、上流社会の貴婦人だと思っていただろう。女性がかつてないほど軽装になり、白粉と紅をたっぷり塗っている今の時代、側面のボックス席にいる女性と中央にいる女性の違いはわずかだった。

次にエスターは、中央のボックス席のひとつで小さなドラマが演じられているのを目にした。オペラグラスを持ち上げる。舞台上の歌劇より、そこで起こっていることのほうが興味をそそった。

白いモスリンで着飾った若い女性が、中央のボックス席のひとつで泣きながら座っていた。年は十六歳くらいに見えた。たっぷりしたブロンドの髪と、何も塗らなくても傷ひとつない肌。大きな茶色の目と、端正な体つきをしている。胸は豊かで、その魅力を見せつけるためにドレスの胸もとは大きくあいていた。少女は何度も腕で胸を隠そうとしたが、そのたびにとなりに座ったきつい顔の年配の女性が乱暴にその腕を押し下げ、少女をしかった。目は赤くなかったが、頰に涙が伝い落ちていた。

エスターはフィップス嬢をつついた。「あのきれいな女の子」うなずいて中央のボックス席のほうを示す。「あの子が娼婦のはずないわ。あまりにも無垢に見えるもの」

フィップス嬢が、世事に通じた人の目でそちらを見て、ため息をついた。「今の時点では、そうです。田舎から出てきたばかりなんでしょう」

「あの怖い顔をした女性の娘さんだと思う?」

「いえ、いえ」フィップス嬢が言った。「あの人は尼僧院長《アベス》です」エスターが当惑して眉をひそめたのを見て、説明する。「つまり娼家の女主人ですよ。ああいう人たちは、奉公先を求めて田舎から出てきたばかりの少女を探す口入れ屋のまわりで物色するんです。女の子を雇ったら、用心棒をつけます。価値が下がるから、誘惑されてはいけないんです。ここに連れてこられて、お披露目されます。夜が終わるまでには、どこかの紳士が高値をつけるでしょう」

「でも、やめさせなくちゃ!」エスターは愕然とした。「法律では……」

「あの子のような者に、法律はありません」フィップス嬢が言った。

エスターがじっと座ったまま苦渋の表情で唇を噛んだので、フィップス嬢は心配になってきた。ガイ卿が姿を見せてくれればいいのに、と考える。娼婦になろうとしている者の運命について苦悩するなんて、ジョーンズ嬢はなんて風変わりなのだろう。娼婦ならそこらじゅうにいた。ぶつからずに歩くのがむずかしいくらいだ。しかし、貴婦人はそういう女には決して目を留めない。

ロンドンの治安体制はシェークスピアの時代とほとんど変わっていなかったので、セントジェームズの東側は犯罪のるつぼだった。ロンドンの治安維持活動はまったく無力で、教区の役員や吏員、治安官、夜警、街路監視員などの、古めかしい寄せ集めに頼っていた。すべては人口百万人近い都市ではなくそれぞれの教区に属し、旧体制のなかでどうしようもなく時代遅れになっていた。常設されている最強の治安維持隊はロンドン市のものだったが、四十五名ほどの隊員しかおらず、市の執行官ふたりに率いられている。ロンドンの数カ所の治安判事裁判所には、自由に使える治安官が八人から十二人くらいしかおらず、有名なボウストリートの治安官はそれより数人多いくらいで、おもに巡回任務を負っていた。上流社会の境界の外に出れば、法と秩序の力はすぐに途絶えてしまい、ロンドンのほとんどを形成している何百もの路地や狭く薄暗い通りでそれを見つけるのはむずかしかった。

中央のボックス席の少女は、ますます激しく泣いていた。

エスターは、かわいそうで、自分の目まで潤んでくるのを感じた。

「それじゃあの子はあそこに座って、競売にかけられた牛みたいに、どこかの紳士がボックス席に来て買ってくれるまで待っているの？」エスターは尋ねた。

「たぶん、二幕めの休憩時間にしゃれ者通り《フォップス・アレー》（若い男性が集まるピット内の通路）に連れていかれて、お披露目されるんですよ」フィップス嬢は答えた。

ほっとしたことに、ジョーンズ嬢は少女に対する興味をなくしたようだった。しかしそれでもフィップス嬢は、従弟が現れないことを心配していた。

ジョゼフはたいへんな不祥事を起こした。今回は、もしマニュエルに長いスティレットナイフで襲われたとしても、みんな少しも驚かなかっただろう。

ガイ卿の上等なリネンの洗濯は厨房で行われていて、ミドルトン夫人はジェニーとアリスの仕事ぶりを誇りに思っていた。シーツとハッカバック織りのタオルは、洗濯物がたくさんあるときには洗濯婦のところに出されたが、シャツとクラヴァットは六七番地で洗われ、アイロンをかけられ、糊付けされた。

ジョゼフは錆《さ》びた釘《くぎ》を踏みつけ、靴の薄い底に突き刺してしまった。こういうときには念入りに傷口を洗っておいたほうがいいと思ったので、アンガスに鍋一杯の湯を沸かしてくれるように頼んだ。アリスは、ガイ卿のクラヴァットを洗うために、大きな銅鍋一杯の水を火にかけた。それからベッドリネンを交換するため上階に行った。アリスがいないあいだに、ジョゼフがその湯を自分の足のためだと思いこみ、なかにあるクラヴァットを見もせずに、消毒液をつくろうと過マンガン酸カリウムの結晶をたっぷり投入した。

足を浸すために鍋を下ろしたとき、クラヴァットが目に入った。するとマニュエルが厨房に入ってきて、主人のきれいなクラヴァットを求めた。そのときになって、スペイン人の従者が、ガイ卿のクラヴァットすべてに加えて、ロジャー氏のものまでぜんぶこちらに渡していたことがわかった。つまりすべてのクラヴァットが、今では鮮やかなピンク色になっていた。使用人たちが使いに出され、新しいクラヴァットを買うためにロンドンじゅうを駆け回っているあいだ、ガイ卿は遅刻してしまうことに苛立っていた。マニュエルとジョゼフのどちらに対して、より怒るべきかわからなかった。なぜなら、どういうわけかあのスペイン人の従者は、少なくとも六枚のきれいなクラヴァットを厨房に持っていき、よごれたものといっしょに洗わせたからだ。

アンガス・マグレガーがようやく、家で食事中の小売店主を食卓から引き離して、新しいクラヴァットを買うことができた。

ガイ卿は、ロジャー氏とオペラに出かけた。ロジャー氏は、少なくとも二幕めの休憩時間には着けると言ってなだめようとした。

エスターは一幕めの休憩時間に、ボックス席でたくさんの訪問を受けた。ほとんどの人は着いたばかりだった。そのひとりは〈オールマックス〉の後援者、レディ・ジャージーだった。フィップス嬢は有頂天になった。「これで、難なく入場券を手に入れられますよ」レディ・ジャージーが立ち去ったあとにささやく。

フィップス嬢は、オペラの次の幕中、エスターが物思いにふけっているようではあるが、もう中央のボックス席に視線をさまよわせていないことにほっとした。

だから、二幕めの休憩時間の始まりにエスターが少し外に出てくるとつぶやいたとき、フィップス嬢には社交上の破滅が近づいている予感はまったくなかった。

ガイ卿とロジャー氏が到着し、エスターの居場所をきかれて初めて、心配になってきた。

「ジョーンズ嬢は、少し外に出てくるとおっしゃってました」フィップス嬢は言った。

「待ってたほうがいい」ロジャー氏が言った。「たぶん友だちに声をかけにいったんだろう」

「友だちなんていないよ」ガイ卿はぶっきらぼうに言って、オペラグラスを持ち上げて劇場内を見た。

「まあ、ガイったら」フィップス嬢がひどく憤慨して言った。「わたしがいますよ！」

ガイ卿が見たところ、フォップス・アレーをぶらぶらしたあとボックス席に戻ってきたおおぜいの紳士たちが、かなりの興奮状態にあるようだった。彼らが首を傾けて連れの女性にささやきかけると、すべての目がエスターのボックス席にひたと据えられた。

「なぜだろう」ガイ卿はオペラグラスを下ろして言った。「ぼくの愛する人が、何かとんでもない方法で自分の名誉を汚《けが》してみせたかのような、嫌な予感がするのは？」

「どうしましょう」フィップス嬢が、ぎくりとして言った。「まさか、そんな」

「まさか、なんだって？」ロジャー氏が尋ねた。

「さっき少しのあいだ、取り乱してらしたんです。中央のボックス席のよからぬ評判を持つ女性が、無垢な少女を売りに出そうとしてました。ジョーンズ嬢がわたしに、紳士たちがボックス席に値をつけにくるのかときいたので、わたしは、たぶん二幕めの休憩時間にフォップス・アレーでお披露目されるんでしょう、とお答えしました。でもまさか、ジョーンズ嬢はそんなこと……」

「いや、するよ」ガイ卿は言った。「まったくもう！」

立ち上がったが、まさにその瞬間、ボックス席の後ろの扉があいて、エスターが小さな田舎娘を前に押しやりながら入ってきた。

「新しいメイドを雇いました」エスターが凛《りん》として言った。「こちらはシャーロット。わたしの後ろの席に座って、シャーロット」少女はおとなしく命じられたとおりにした。フィップス嬢は扇子でしきりに顔をあおぎながら、助けを求めてガイ卿を見た。

「こういうことかな、ジョーンズ嬢」ガイ卿は言った。「きみは向こう見ずにも、そのきれいな花をフォップス・アレーから救ったのかい？」

「そうよ」エスターが答えた。「あんなに屈辱的な思いをしたのは初めてだわ。人があそこまで冷酷になれるなんて、あなたも信じられないはずよ。紳士の何人かに助けを求めたのだけれど、その人たちはわたしを……ものすごく無礼に扱ったの。ふたりをひっぱたいて、三人めを蹴飛ばすしかなかったわ。幸い、わたしはいつも大金を持ち歩いているの。このかわいそうな子のためにかかったのは百ギニー。信じられる？　あの雌馬に払った金額よりほんの少し高いくらいよ。この子を堕落させようとしていたあの恐ろしい女は、厚かましくも二倍を要求したの。わたしは告訴すると言ってやったわ」

ロジャー氏が恐る恐る周囲のボックス席を見回した。驚きと非難に満ちた顔ばかりだった。「社交界デビューに興味はあったんですか、ジョーンズ嬢？」と尋ねる。

「ええ」エスターが答えた。「もうデビューしました」

「ぼくが思うに、あなたはもう引退したんじゃないかな」ロジャー氏が言った。「彼らは絶対に許しませんよ」

「なんですって？　かわいそうな子どもを救ったのに！」

「貴婦人は」ガイ卿は言った。「娼婦の存在に気づかないことになってるんだよ。今すぐ立ち去るのが賢明だと思う」

「いいえ」エスターはきっぱりと言った。「わたしは義務を果たしただけよ。終わりまでいて、その後の夜食付き舞踏会に行くつもりです」

「お好きなように」ガイ卿は言った。「でも、入れてもらえるかな。新しいメイドをいっしょに舞踏会へ連れていくつもりかい？」

「もちろん」

ガイ卿はくるりと振り返って、シャーロットを観察した。エスターを崇めるように見つめている。

「お嬢さまにきちんと言い聞かせてください、ガイ卿」フィップス嬢が叫んだが、ガイ卿は首を振ってつぶやいた。「静かに。うまくいくかもしれないよ」

エスターはきびしい顔を舞台に向け、オペラの続きに熱中しているふりをした。本当に自分の名誉を汚したのだろうかというしつこい恐怖を抑えつける。でも、そんなはずないわ！　わたしは正しいことをした。心や感情を持つ人なら誰だって、シャーロットのような子が苦しんでいるのを見てはいられないだろう。

ようやくオペラが幕を閉じた。

エスターは、外へ出ようと立ち上がった。

「少しだけ待ってください、ジョーンズ嬢」フィップス嬢が懇願した。「おっしゃっていたその乱暴な紳士たちが出ていくまで待ってください」

「わかったわ」エスターはしぶしぶ言った。「できたら、あなたのストールをシャーロットに貸してあげて、フィップスさん。肌があらわになるドレスでは、ひどく恥ずかしいでしょうから」

フィップス嬢が絹のストールを手渡すと、シャーロットはおずおずとお礼の言葉をつぶやき、ドレスの深い襟ぐりのまわりにきつく巻きつけた。ガイ卿の目には、今の少女は驚くほど満足そうに見えた。エスターへの信頼は絶対的なようだ。

ロジャー氏は今にも口をあけて反論し、エスターを待ち受けるはずの屈辱に対して最後の抵抗を試みようとしたが、何か言う前にガイ卿に足を踏みつけられ、痛みに叫んだ。

エスターは頭を高くもたげてガイ卿の腕を取り、ボックス席から歩み出た。ロジャー氏がフィップス嬢に片方の腕を差し出し、少しためらったあと、もう片方をシャーロットに差し出した。

舞踏室につながるあいた両開き戸に近づくと、ガイ卿は苦い気持ちで、あらゆる人が扉に目を向けて待ち構えていることに気づいた。

エスターは舞踏室に入ろうとした。お仕着せを着た職員が、金色の取っ手の長い棒を扉の前にかざし、行く手をさえぎった。

「これはどういう意味です？」エスターが毅然《きぜん》として尋ねた。

棒でつくられた障壁の反対側に、オペラ委員会の会員ふたり、フリマンド卿とウェイトン伯爵夫人が現れた。

「あなたはご自身の名誉を汚しました、ジョーンズ嬢」伯爵夫人が言った。「お引き取りください」

「苦しんでいる子どもを助けたんです」

「あなたは娼婦をめぐって、下品な乱闘騒ぎを起こしました」伯爵夫人が冷たく言った。「そうではありませんこと、フリマンド？」

しかし年配のフリマンド卿は、うなだれたまま答えなかった。ガイ卿が決闘を申しこむかもしれないと恐れていたからだ。

「あなたにはうんざりだわ！　あなたたちみんなに！」エスターは目をぎらぎらさせてどなった。「せいぜい、あなたたちの舞踏会とオペラのボックス席と安っぽい道徳基準を守っていればいいわ。不名誉なのは、わたしじゃなくてあなたたちよ。行きましょう、ガイ卿」

「はい、ジョーンズ嬢」ガイ卿はおとなしく応じた。

大階段のてっぺんに、ふたりのしゃれ者が立っていた。エスターが横を通ると、一方があざけった。「そうか、あんたはそうやって儲けてるんだな、娼家《アベス》の女将め。そのきれいな子の値段を決めたら、教えてくれよ」

ガイ卿は愛想よくにっこりしてから、しゃれ者のひとりの鼻を拳《こぶし》で打ちつけた。ロジャー氏が熊のようなうなり声をあげて、もうひとりに殴りかかった。

エスターの唇が震え始めた。エイミーとピーター。混乱しながら考える。ふたりの将来をめちゃくちゃにしてしまった。

足を止めず、階段を下りた。フィップス嬢がハンカチを目に当てて泣いていた。エスターはひどい気分になった。

背後からドシンという音と叫び声が聞こえたあと静かになり、けんかの決着がついたようだった。ガイ卿とロジャー氏が追いついた。

劇場を出ると、エスターはガイ卿を振り返って、手を差し出した。「かばってくださってありがとう。もうお会いすることもないと思います」

ガイ卿が答える前に、夜警がキーキー声で叫びながらやってきた。「気をつけてお帰りください。暴徒が押し寄せてます」

「今度は何ごとだ？」ロジャー氏が尋ねた。

「サー・フランシス・バーデットですよ」夜警が答え、説明し始めた。大衆に人気の改革者サー・フランシスは、下院議会が人を収監する権限を持たないという説を唱えていた。議会はサー・フランシスをロンドン塔に閉じこめることで、その説の誤りを証明したかに見えたが、ロンドンの民衆はいきり立って暴徒となり、血を求めて叫んでいた。

ガイ卿はすばやく頭を働かせた。「全員でぼくの馬車に乗ったほうがいい」エスターに向かって言う。「あまり遠くまで行けないかもしれない」

エスターはもはやすっかり意気消沈して、反対することもできなかった。マニュエルと馬丁《ばてい》が、ガイ卿の馬車を正面に回した。ガイ卿は従者を徒歩でクラージズ通りに戻らせ、すべての窓の鎧戸をしっかり閉めるように命じた。

二丁の馬上短銃を取ってから、女性たちをなかに乗せ、ロジャー氏とともに御者席に並んで座る。

拳銃の片方をロジャー氏に渡し、もう片方を身に着けた。

「なぜジョーンズ嬢を止めなかったんだ！」ロジャー氏がいぶかしげに言った。

「なぜなら、トミー、そのほうが台座からぼくの腕のなかに転げ落ちる可能性が高まるからさ。評判を取り戻す方法ならわかってるが、その前に妻になってもらいたい」

「自分は絶対に、そういう熱烈な恋に落ちないことを願うね」ロジャー氏が言った。

「へとへとになっちまう」

「心配するな」ガイ卿はにやりとして言った。「それを埋め合わせるだけのものはあるから。しっかりつかまれ、トミー。ずっと裏通りを行く」

最初ガイ卿たちは、うまくすれば暴徒の活動範囲はウェストミンスター周囲かロンドン塔の向こうにとどまるだろうと考えたが、バークリースクエアまで馬車を進めると、わめき散らす危険な群衆に四方八方から取り囲まれてしまった。

「頭上に発砲してやろう」ロジャー氏が叫んだ。

「いいや」ガイ卿は言った。「もっといい考えがある」

馬車を止めて、御者席に立つ。そして両手を上げて叫んだ。「道をあけてくれ、きみたち。ペスト患者がいるんだ」

ペスト。その恐ろしい言葉が、暴徒のあいだに広がった。首謀者たちが馬車から後ずさりし、急いで逃げようとして背後の人々につまずいた。

「すぐに我に返って、オペラから帰る豪華な衣装の女性たちがペスト患者のはずはないと気づくだろう」ガイ卿は言った。「でも、エスターを無事に家まで送れるかもしれない」

エスターの屋敷の前に着くと、ガイ卿は女性たちに急いで降りるよう呼びかけた。

「いっしょになかに入って、付添っててくれ」ロジャー氏に向かって言う。「できるだけ早く戻るようにする」

「どこへ行くんだ？」

「厩に行ってくる。善良な動物たちが、暴徒に手荒に扱われたり、おどかされたり、いじめられたりするのを放ってはおけないからね」

「だったら急げ」ロジャー氏が飛び降りて叫んだ。「やつらが戻ってくる音が聞こえた気がする」

10

白状せよ、汝《なんじ》ら義勇兵たち、
中尉と少尉、
そして戦線の司令官よ、
ローマ人のように大胆に――
白状せよ、汝ら近衛歩兵たちよ、
いかに強く勇ましくあろうとも
汝らすべての征服者は
女、女であると！

――サッカレー

最初の一時間、エスターはすべきことがたくさんあって忙しくしていた。家政婦のトルブリッジ夫人には、シャーロットは思いがけず田舎から着いたばかりなのだと説明した。新しいメイドは使用人が住まう階の一画に部屋を与えられ、プリント模様の服をあてがわれ、翌日から仕事を始めることになった。シャーロットがもう少しで娼婦にされそうになったことには触れなかった。

それから、ロジャー氏にひと晩泊まるよう強く勧めた。部屋が用意されたが、ロジャー氏は起きていることに決めて、暴徒が入りこもうとした場合に備えて武装した。エイミーとピーターは、興奮しすぎて眠れないほどだった。子ども部屋の窓から到着の様子を眺めていたふたりの目には、ガイ卿はますます英雄らしく見えた。エスターは、自分のたいへんな不名誉についてふたりに話す勇気を出せなかった――ガイ卿との婚約が解消になって当然の不名誉について。まさに形勢は逆転した。今では、ガイ・カールトン卿の花嫁としてふさわしくないのがエスター・ジョーンズ嬢なのだ。

エスターはオペラ用のドレスを脱いで青いモスリンのドレスに着替えてから、階下の陰気な応接室に行き、ガイ卿は無傷で暴徒から逃げられただろうか、今夜は戻ってくるだろうかと考えながら待った。

ロジャー氏は拳銃を膝に置いて暖炉のそばに座り、とりとめのない話をした。しばらくするとまぶたが重くなり、うつらうつらし始めた。

玄関扉をたたく雷鳴のような音で、びくりと目を覚ます。

「いけません」エスターが立ち上がったので、ロジャー氏は言った。「ぼくが出たほうがいい」

玄関広間に行き、恐怖で青ざめている執事のグレーヴズを脇に押しやった。

「誰だ？」ロジャー氏は叫んだ。

「ぼくだ、ガイだよ」ガイ卿の声がした。

ロジャー氏は扉の錠をあけ、かんぬきを外した。ガイ卿が大股で入ってきた。夜会服から乗馬服に着替えていた。淡黄褐色の上着、革の膝丈ズボン、乗馬靴。

「なあ、トミー」ガイ卿は言った。「ジョーンズ嬢はもう寝たかい？」

「いいや、応接室にいるよ」

「暴動が一時的に静まってるあいだに、きみはクラージズ通りに戻ったほうがいいと思う。誰かがあそこにいて、使用人たちが屋敷を守るのを手伝ってやらないと。それからできれば、なぜマニュエルがぼくをオペラに行かせまいとしたのか、探ってみてくれ。単にばかだからクラヴァットをぜんぶ洗濯に出したとは考えられない。フィップスさんはどこだ？」

「もう休んだよ。かなり疲れる晩だったからね。ジョーンズ嬢がばかなまねをするのを止められず、名誉を傷つけてしまったと思ってるようだ」

「ぼくは、ジョーンズ嬢がばかなまねをしたとはまったく思わないよ。暴動が静まれば、形勢を逆転させられる。今のところは、ぼくに任せてくれ。意味がわかったら、すぐに新郎の付添い役を務める支度をしろ」

ロジャー氏がウインクして、夜のなかへ出ていった。

ガイ卿は、うろうろしている執事を振り返った。「今夜はもう休んでいいよ、グレーヴズ。でも万一襲われた場合に備えて、服を着たまま寝ろ。ほかの男の使用人たちにも、そうするように言ってくれ」

「かしこまりました」グレーヴズが答えた。

ガイ卿は応接室に足を踏み入れ、立ち止まってエスターを見つめた。

「おや、愛しい人」ガイ卿は言った。「髪をどうしたんだい？」

「あなたらしいわね」エスターがかすかな笑みを浮かべて言った。「ロンドンじゅうが危険にさらされているのに、あなたが気にするのは女性の髪型だけ」

「世界で最も大切なことだよ」ガイ卿は優しい声で言った。「ところで、かわいい人、あれはめったにお目にかかれないほど短期間で終わった劇的なデビューだったね」

「からかわないで」エスターが言った。「少なくともこれで、安心してあなたを婚約から解放してあげられるわ」

「いや、だめだよ」ガイ卿はきびしく言った。「かわいそうなエイミーとピーターのことを考えなきゃ」

「あの子たちは幼いし、すぐに忘れるわ」

「でも社交界は決して忘れないよ」ガイ卿は言って、心のなかで神の許しを願った。暴動の脅威のせいで、すでに社交界の人々の頭からエスターのスキャンダルは消し飛んでしまったはずだからだ。フランスを揺さぶったような革命がイギリスでも起こるのではないかという恐怖が、人々の心に芽生え始めていた。「ぼくと結婚したほうがいい」ガイ卿は言った。「外国へ行こう。戻ってくるころには、すべて忘れられてるよ」

「社交界は決して忘れない、っておっしゃいましたよね」エスターが鋭い声で言った。

「そうだっけ？　しばらくは、っていう意味さ。いやはや、夜は冷えるのに、すてきな薄いモスリンを着てるね」

ガイ卿は暖炉のところまで歩き、その前にかがみこんで、薪と石炭を高く積み始めた。それからしゃがんでエスターを見つめ、その目に浮かぶ緊張に初めて気づいた。不思議なほど美しい目だ、と考える。ドレスのせいで、青く見えた。何を着ていても、その色を映すようだった。エスターは暖炉脇に座っていたのですぐ近くにいて、顔と顔がほとんど同じ高さにあった。

外の広場から、くぐもったわめき声と銃声が聞こえた。エスターは身を震わせた。ガイ卿が上体を傾けて、優しくエスターの顔を引き寄せた。

「だめよ」エスターはささやいた。

ガイ卿が長い指で頬を撫でた。「ぼくを愛せば」穏やかな声で言う。「外の連中がロンドンを燃やしたって、気にならなくなるよ。身を焦がし、燃え上がる別の方法があるのさ、ぼくのかわいいエスター。教えてあげよう」

「あなたの淫らな方法を学ぶつもりなんてないわ」エスターは震える声で言った。

「そんなものは教えない」ガイ卿がかすれた声で言った。「ぼくを愛する方法を教えるよ」エスターの前にひざまずき、肩を抱いて唇にキスする。エスターは抵抗の言葉をつぶやいた。ちょうどそのとき、弾丸が鎧戸をガタガタと鳴らしたので、驚きの悲鳴とともにガイ卿の腕のなかへ倒れこんでしまった。

ガイ卿がエスターを暖炉の前の敷物に寝かせ、唇を重ねた。エスターは五感がふわふわと漂い始めるのを感じた。ガイ卿の肩の向こうをぼんやり見上げると、暖炉の上から改革者のきびしい顔が見つめ返した。

また弾丸が鎧戸に当たった。「双子が！」エスターは叫んで身を引き離した。

「ふたりはだいじょうぶだよ」ガイ卿が言った。「子どもは何があろうと眠り続けるからね。ああ、もう一度キスしてくれ、ぼくのきびしいジョーンズ嬢。きみの唇は甘くて、ぼくをおぼれさせる」

エスターは抵抗のうめき声をあげたが、巧みな両手と経験豊かな唇に体じゅうの感覚を支配された。何度も何度もキスをされ、とうとう打ち寄せる情熱の波にのみこまれる。エスターの薄っぺらいドレスに比べると、ガイ卿はずいぶん厚着に見えた。このドレスでは、さまよう手と探り求める唇を防げそうになかった。暖炉の炎が高く燃え上がったので、ガイ卿がエスターの体を少し火から遠ざけた。上半身を起こし、クラヴァットを外して上着を脱いでから、ベストを隅に放る。

「だめ、いけないわ……そんなこと」エスターは言って、体のなかのしびれるような感覚に抗おうとした。

ガイ卿がエスターのぼんやりした目を見て笑い、シャツを脱いだ。

「やつらを殺せ！　やつらを焼いちまえ！」外の声が叫んだ。

「やめて！」エスターはささやいた。「お願い、やめて」

しかしガイ卿の手は、ドレスを留めている紐を見つけた。生地がするりと肩からすべり落ち、乳房があらわになった。エスターは両腕を上げて隠そうとしたが、ガイ卿が優しく微笑んで言った。「ぼくが代わりに隠してあげるよ」

両腕で背中をぐっと抱き、裸の乳房を自分の裸の胸に押しつける。

それはエスターの五感にめくるめく効果を与えた。体の奥で何かが目覚めたかのように、激しさと情熱をこめてキスを返し始める。

暴徒を鎮めるため市民軍が動き、外の広場で一斉射撃の音がした。悲鳴と怒号が響いたが、エスター・ジョーンズ嬢は外の世界には目もくれず耳も貸さずに、ガイ・カールトン卿の腕のなかに横たわっていた。ガイ卿の心が、恐ろしい戦場の記憶でかき乱されることもなかった。ガイ卿が片方の完璧な乳房にキスすると、エスターはすっかり屈服してうめき声をあげた。そのとき突然、ガイ卿が愛撫をやめた。エスターを軽く揺さぶる。

「やめないで」エスターは懇願した。

「あした結婚してくれ」

「ああ、ガイ卿……」

「ガイだよ。あした結婚してくれ。ぼくはきみのすべてを、初夜のベッドで手に入れる。ほかの場所ではだめだ。結婚してくれ!」

「ええ」エスターは答えた。「ええ、するわ」

「ぼくたちはこの屋敷で結婚する。密かな結婚式だ。そしてロンドンが平常に戻ったら、教会でもう一度祝福してもらおう」

「あなたが、教会で?」エスターは言った。「教会で何かの儀式をするのは恐ろしく時代遅れと見なされていること、ご存じないの?」

「エスター・ジョーンズ、ぼくはきみを、人と神の両方の前で手に入れるよ。さあ、もう一度キスして、送り出してくれ。あした司祭を連れて戻ってくる。ここにとどまる勇気はないよ。きみに手を触れずにはいられないだろうから」

外の広場の音は、しだいに消えていった。ガイ卿は服を着て、エスターの唇に激しいキスをしてから立ち去った。

十分後、ガイ卿はクラージズ通り六七番地で使用人たちとロジャー氏を起こし、来るべき結婚式について伝えた。みんな歓声をあげた。レインバードが階段を駆け下りて、シャンパンを取ってきた。マニュエルだけは、にこりともせず黙って立っていた。

従者には、すべての夢と希望が消えていくのが見えた。お祝いが終わり、ガイ卿がしきたりを破って花嫁になる人と結婚初夜の前にふたりきりで過ごしたことをロジャー氏がからかうのを聞いたあと、使用人たちと主人たちはようやく幸せそうに床に就いたが、マニュエルは表の居間の消えかけた火のそばに残り、計画を練った。

翌朝、頬がこけ青ざめたグレーヴズは玄関扉をあけ、訪ねてきたスペイン人の従者が、ガイ・カールトン卿からジョーンズ嬢宛ての急ぎの伝言があると言うのを、うんざりしながら聞いた。グレーヴズが、朝早すぎるからと断ってもむだだった。マニュエルは頑として譲らず、ジョーンズ嬢はご主人さまからの伝言を受け取れなかったら激怒するだろうと言った。

エスターがようやく部屋着で下りていくと、マニュエルはグレーヴズをちらりと見て、お嬢さまに内密にお話ししたいと言った。

「わかりました」エスターは言って、嫌悪のまなざしでマニュエルを観察した。結婚したら、この従者を解雇するようガイを説得できるかしら？

最初、マニュエルが何を言おうとしているのかよくわからなかった。混乱して首を振り、従者に尋ねる。「ごめんなさい。すごく疲れているみたい。何を言っているの？」

「ご主人さまが、きょうポルトガルに発《た》つ、言ってるんです」マニュエルが片言の英語で答えた。

「でも、わたしたちはきょう結婚するのよ！」

マニュエルが悲しそうに首を振った。「昨夜はご主人さま、すごい冗談をやったんです。〝ジョーンズ嬢はぼくが結婚するつもりだと思ってる〟言って笑い、使用人全員笑い、シャンパン飲みました。ご主人さま、自分が発ったあとのあなたの顔、見てみたいもんだ、言ってました」

「信じないわ」エスターは蒼白になりながら言った。

「お嬢さま、ぼくにとっても、つらいうんざりな仕事なんです。嘘ついたら、クビになって、外国でひとりぼっちになります。なんで嘘つかなきゃならないんです？」

「帰ってちょうだい」エスターは言った。「考えないと」

「行きなさい、お嬢さま」マニュエルが言った。「ロンドンにいて、恥をかかされたことを社交界に知られちゃだめです。行きなさい！　行きなさい、急いで！」

「帰って！」エスターは叫んだ。

マニュエルはするりと外に出たが、広場の反対側までしか行かずに、そこで屋敷を見張りながら待った。

マニュエルは自暴自棄になっていて、そのせいで愚かなことをした。エスターがふつうの社交界の貴婦人だったなら、すぐに婚約者の家を訪ねて説明を求めただろう。しかしマニュエルは、自分がどれほど幸運だったかに気づかなかった。エスターは深い屈辱を味わい、頬を火照らせながら、ガイ卿に許した奔放なふるまいのことしか考えられなくなった。父が起こしたスキャンダルを思い出した。近隣の州に住む独身女性に結婚を約束し、その女性は辱《はずかし》めを受けてあざ笑われるまで、その郷士が既婚者であることを知らなかったのだ。放蕩者はみんな同じだわ、とエスターは苦々しい気持ちで考えた。でも、愚かな娘のように一日じゅう司祭を待っていたなんて思われてたまるものですか。

ブライトン。そうだ。弟妹を連れてブライトンに行こう。きっとフィップス嬢がいっしょに来てくれる。あの人はガイ卿の従姉だけれど、今では愛情深い友人になってくれている。ブライトンに着いたら、すべてをフィップス嬢に話そう。先に話せばフィップス嬢はクラージズ通りに駆けつけて、ガイ卿をしかりつけ、あの卑劣な女たらしはエスターがどれほどひどく傷ついたかを知ってしまうだろう。弟妹やフィップス嬢、使用人たちに結婚式のことを話していなくてよかった。

二時間後、マニュエルの待ち時間は報われた。不格好な旅行用馬車が、エスターの屋敷の前に止まった。しばらくすると、エスターがベールを深くかぶって、弟妹を連れ、フィップス嬢と侍女に従われて出てきた。トランクが馬車の後ろに括りつけられた。

マニュエルの耳に、遠くから暴徒のわめき声が聞こえた。連中はふたたび蜂起《ほうき》して、目に入るものすべてを破壊する決意だった。マニュエルは一目散に逃げた。

ガイ・カールトン卿は、司祭を探しに出かける前に、もう一度エスターに会おうと決めた。教区司祭のエイブラハム・パスコーム師は、古い友人だった。酒浸りのどうしようもない男ではあるが、役目を果たして適切に儀式をとり行うことはできるだろう。

ガイ卿はポケットに二丁の拳銃を入れて、バークリースクエアまでぶらぶらと歩いた。ガラスの破片や壊れた鎧戸をよけながら進まなければならなかった。近くのどこかで暴徒が家々を焼き始めたので、空気は煙のにおいで重たかった。ロンドンは、群衆からの新たな猛攻撃を待ち構えていた。セントジェームズパークの大砲には、砲弾が込められた。バーデット支持者の集団が、青い花形記章と旗をひらめかせ、ソーホーから角を曲がってきた。ガイ卿を止めようとはせず、「バーデットよ、とこしえに。マグナ・カルタを忘れるな。陪審による裁判を」と叫ぶのに満足していた。ほとんどは、すっかり陶酔状態にあるようだった。

ガイ卿は、彼らの存在を思わず歓迎しそうになった。エスターがいてもいなくても、戦場の悪夢に襲われなくなっていた。連中のひとりが空に向かって発砲したが、ガイ卿はひるみもしなかった。

エスターの屋敷の扉をノックして、しばらく待つと、なかから名前と用件を尋ねる用心深い声が聞こえた。

それから、かんぬきが外され、錠があくまで待たなければならなかった。

「ジョーンズ嬢は？」ガイ卿は尋ね、グレーヴズの脇から玄関広間に足を踏み入れた。

「お嬢さまは出発されました」グレーヴズが答えた。

「いつ？　なぜ？　どこに？」

「一時間前です。存じません。ジョーンズ嬢はブライトンに行かれました」グレーヴズがそれぞれの質問に順番に答えた。

「なんてことだ。伝言は残さなかったか？　手紙は？」

「ございません」

もしこの瞬間、目の前にエスターが現れたら、喜んで絞め殺したかもしれない。自分のような地位と家柄の男が、これほどの侮辱を許すわけにはいかない。

ガイ卿はきびしくこわばった顔で、くるりと振り返った。

しかしグレーヴズは、クラージズ通りの甘やかされた使用人たちが好きな時に女主人との面会を求めるやりかたにまだ腹を立てていたので、帰ろうとするガイ卿の背中に向かって不機嫌に言った。「ジョーンズ嬢は、あなたさまの従者からの伝言を受け取ったあと、すぐに発つことに決められたのです。街が危険なので、あなたさまがジョーンズ嬢にご弟妹を連れてブライトンに移動するよう勧めたのかと思ったのですが」

「マニュエルめ！」ガイ卿は歯を食いしばって言った。

後姿を見送るグレーヴズを残し、大股で玄関扉から出ていく。

クラージズ通りに着くと、寝ていたロジャー氏を起こして、朝のできごとを話した。

「だから言っただろう、あいつがよからぬことを企んでるって」ロジャー氏が言った。

「どうするつもりだ？」

「いっしょに居間に下りてくれ。あいつをつかまえよう。逃げてなければだが」

ロジャー氏はがっしりした体に中国製の部屋着を巻きつけて、ガイ卿のあとから階段を下りた。ガイ卿は呼び鈴を鳴らし、レインバードが現れると、マニュエルを呼ぶようにと簡潔に命じた。

マニュエルは逃げていなかった。自分の計画がうまくいったことを確信していた。

屋根裏部屋に座って忙しく書き物をしていると、レインバードがやってきて、ご主人さまがお呼びだと言った。

「すぐ行く」マニュエルは答え、紙を集めてポケットに押しこんだ。

「急いで行ったほうがいいぞ」レインバードは言った。「ご主人さまは恐ろしい顔をなさっていた」

レインバードは、マニュエルが階段を下りてくるまで、表の居間の戸口近くに立っていた。扉をあけて押さえ、マニュエルを通してから、扉を閉じる。

「ぼくの婚約者に何を言った?」ガイ卿はきびしい声で問いただした。

「何も言ってません。ご主人さま、あっちの屋敷にいると思ったんで、ご用を聞こうとぼくも行ったんです」

「ぼくの寝室をのぞけばよかっただろう。おまえには興味をそそられてるよ、マニュエル。ものすごくな」ガイ卿はポケットから拳銃を出し、従者に狙いをつけた。「動いたら、頭を吹き飛ばすぞ。トミー、こいつの持ち物を調べろ」

マニュエルが戸口へ向かって飛び出した。ガイ卿が発砲し、従者の頭上の木造部分に弾を撃ちこむと、マニュエルは真っ青な顔で震えて棒立ちになった。

「さあ、トミー」ガイ卿は冷ややかに言った。

ロジャー氏が片方の大きな手でマニュエルの襟首をつかみ、もう片方の手でポケットを探った。黒い手帳と紙の束、新聞の切り抜きを取り出す。従者を捕らえたまま、ガイ卿のほうにそれらを放った。

ガイ卿は驚きに目を見張って、それらを眺めた。手帳には、マニュエルが従者の仕事に就いて以来のあらゆるできごとが詳しく書かれていた。《サン》というアメリカの新聞の切り抜きもあった。

レインバード、アンガス、ジョゼフが、銃声を聞いて部屋に駆けこんできた。三人は、ガイ卿が手にした煙を立てる拳銃と、ロジャー氏の両手に捕らえられてがっくりしているマニュエルを驚きの目で見て立ち尽くした。

「もしおまえがスパイなら」ガイ卿が重々しく言った。「とんでもなく無能なスパイだな。ここには、周知の事実以外はひとつも書かれてない。おまえは何者だ？　撃たれる前に白状しろ」

マニュエルは、がくりと膝をついた。「撃たないでください」と懇願する。「ムッシュー・カヴェみたいな偉大なジャーナリストになりたいだけなんです。あの人と同じ、ぼくもフランス人です」

「スペインが祖国じゃなかったのか」

「出身はフランスです。南仏のアグドで生まれました。父はスペイン人です。母がフランス人でした。父がイギリス人女性と再婚して、ぼくは義母に英語を習いました。スペインに着いたときには、用心しなきゃいけないってわかってました。ぼくのスペイン語には、フランス訛《なま》りがあるからです。ムッシュー・カヴェみたいに、アメリカの新聞に記事を書くジャーナリストになりたいんです。でも新聞社に、ロンドン社交界の報告はいらないって言われました。彼らは戦争での体験談を欲しがったんです」

「つまり」ガイ卿は激怒して言った。「ぼくをスパイするために、うまく取り入って家に忍びこんだというわけか？」

「違う、違います！」マニュエルが泣き叫んだ。「ムッシュー・カヴェみたいに書きたいんだ。あの人の記事を見てください……」

「ばかなやつめ、今はおまえのジャーナリストとしての野心を詳しく調べる時間はない。さあ、ジョーンズ嬢に何を言った？」

マニュエルがうなだれた。「ご主人さまが結婚したら、ポルトガルの戦場に戻らないと思いました。書くこと続けるためには、ポルトガルに行かなきゃならないんです。だから、ご主人さまはお嬢さま笑い物にして、だましたんだと言いました」

ガイ卿は、こちらへ来るようレインバードに合図した。「ぼくをどうするんです？」マニュエルが叫んだ。

「ジョーンズ嬢を見つけて結婚するまでは、おまえをどうもしない」

ガイ卿はレインバードを振り返った。「この男を地下室に閉じこめろ。戻ってきたら、どうするか決める。それまでは、マニュエル、手帳とこの新聞は預かっておく。トミー、レインバードといっしょに行って、マニュエルに銃を向けてろ。閉じこめたら、いっしょにブライトンに行く支度をしてくれ。司祭を連れていくぞ！」

フィップス嬢はブライトンへの道のりで何度かエスターに、なぜ急いでロンドンを発ったのか説明させようとした。エスターは繰り返し頑固に、弟妹を暴徒の危険から遠ざけたほうがいいからと答えた。それはとても賢明な考えに思えたものの、そう言いながらひどく惨めそうな青い顔をしていたので、フィップス嬢は暗い気持ちで、昨夜何か深刻なことがジョーンズ嬢とガイ卿のあいだに起こったに違いないという結論に達した。

エイミーとピーターは幸いにもまだ、あらゆる大人のふるまいは気まぐれで、古代のギリシャ神のふるまいと同じく、ほとんど道理に従っていないと考える年齢だった。真っ先にふたりの頭に浮かんだのは、生まれて初めて海を見にいくという考えだった。

ブライトンに近づくと、双子は眼下に広がる灰色の海を見て歓声をあげた。フィップス嬢はおずおずと尋ねた。「どこに泊まるおつもりです、ジョーンズ嬢？　ホテルですか？」

「いいえ」エスターが答えた。「家を探します」

「もしかすると貸家がないかもしれませんよ」フィップス嬢はためらいがちに言ってみた。

「それなら、買います」エスターが答えた。

フィップス嬢はため息をついた。家を借りるか買うかがどうでもいいことであるほどお金を持っているって、なんてすばらしいのかしら。

フィップス嬢は知らなかったが、ふだんは倹約家のエスターは今、ガイ卿から受けた心の傷を和らげてくれる物質的な快適さを得る手段としてのみ、自分の富に関心を向けていた。

フィップス嬢は疲れを感じ、馬車の揺れのせいで少し気分が悪くなった。きっと日暮れまで家を探し、結局ホテルに泊まることになるだろう。

しかしブライトンに着くとすぐさま、エスターは従僕たちを使いに出して、売家か貸家を扱っている不動産屋を探させた。そして一時間後には、スティーンにある優雅な屋敷の鍵を受け取り、屋敷とその使用人たちを一カ月借りていた。持ち主は、夏まで借り手を見つける予定ではなかったが、現金を気前よく差し出されてすっかり舞い上がり、即座に立ち退いて、一カ月親戚の家に厄介になることにした。

エスターはきれいな応接室の中央に立ち、司令官のように次々と命令を下した。馬車はロンドンに戻り、バークリースクエアから残りの荷物を運んでくることになった。新しいメイド、シャーロットもエスターの監督下で訓練を始められるよう、荷物とともにやってくる。あらゆる部屋の暖炉の火がともされた。エスターは家政婦とともに、各寝室を回ってリネン類が風に当てられ乾いていることを確かめ、地下貯蔵室にきちんと蓄えがあるかを調べ、厨房にじゅうぶんな量の食品があることを確かめた。

夕方六時近くになった。双子が海沿いを散歩したいと騒ぎ、エスターはひとりで座って思いに沈むのが怖かったので、自分が連れていくと言った。

肌寒い春の夕方だった。エスターは、走る弟妹の後ろから、小石で覆われた浜を歩いた。波が寄せたり引いたりすると、小石が悲しいため息のような音を立てて行ったり来たりした。沈みゆく太陽が、海岸から水平線まで続く長い金色の小道をつくっていた。

あの金色の小道へと歩き出し、ずっと歩き続けて、いつかこの頭を、移り気で火遊び好きなガイ卿が気に入らなかったこのショートカットの頭を、海で覆い隠してしまえたらどんなにすばらしいだろう、とエスターは惨めな気持ちで考えた。

遠くから男性らしいふたりの人影が近づいてくるのを見て、エスターは大声で弟妹を呼んだ。メイドや従僕を連れていなかったので、男性ふたりに家庭教師かナースメイドと間違われたくなかった。新しい服のぜいたくさときびしく毅然とした表情を見れば、そんな誤解はほとんどありえないことには気づかなかった。

しかしピーターとエイミーは、姉の呼び声など聞こえないようで、走ったり遊んだり、互いに叫び合ったりしていた。

エスターはもっと大きな声で、もう一度呼んだ。しかし恐ろしいことに、弟妹は今や、近づいてくるふたりの人影のほうへ走り出していた。ひとりは背が高く細身で、もうひとりは背が低く浅黒い肌をしている。

ガイ卿とロジャー氏だと気づいて、心臓がどきどきと音を立てた。

突然胸に希望がわき上がるのを感じ、気分が悪くなった。

エイミーとピーターが、ガイ卿のところまでたどり着いた。ガイ卿がふたりを見下ろして笑った。ピーターの赤い巻き毛をくしゃくしゃと撫でてから、それぞれと手をつないで、エスターのほうへ歩き続ける。

近づいてくるあいだ、ガイ卿はピーターの言ったことに笑っていたが、エスターに向けたまなざしはきびしく冷たかった。

エスターが口を開こうとすると、ガイ卿は手を上げて止め、こう言った。「トミー、子どもたちを屋敷に連れ帰って、今夜どんなことが起こるか話してくれ。子どもたち、ちょっとしたパーティーをするぞ。いちばん上等な服を着て、最高にお行儀よくしなくちゃいけない」

「パーティー！」エイミーが大喜びで叫んだ。「なんのパーティー？」

「それは秘密だ」ガイ卿は言った。「今すぐ行って、いい子にしてれば、ロジャーさんが教えてくれるかもしれない」

「いきなりやってきて、わたしの弟妹にあれこれ指図をしないでちょうだい」エスターは叫んだ。

しかしエイミーとピーターはすでにロジャー氏と並んで、しきりに楽しげな質問を浴びせながら跳ねるように去っていこうとしていた。

ガイ卿は、三人が声の届かないところに行くまで待ってから、エスターに向き直った。

「きみはぼくに説明する義務があるよ、ジョーンズ嬢」ガイ卿は言った。

「わたしがあなたに説明する義務があるですって！」エスターは言った。

「どうして逃げたんだ？　きみを見つけるのに苦労したよ。あらゆるホテルや宿屋を当たって、ついには不動産屋を狩り出した。捜すのにうんざりしかけたちょうどそのとき、きみの屋敷を見つけた」

「わたしを捜しに来たのね」エスターは驚いて言った。

「ジョーンズ嬢、どんなまともな理由があろうと、ぼくには季節外れのブライトンを訪れる習慣はないよ。どうして出ていった？　マニュエルは何を言ったんだ？」

「あなたの従者？　あの男はこう言ったのよ、あなたが……笑ってるって……どんなふうにわたしをだましたかについて」

「マニュエルはどうやら、売り出し中のジャーナリストらしい。ばかで、たぶん完全にいかれてる」

「ジャーナリストですって！」

「あの大ばかは、カヴェとかいうフランスのジャーナリストみたいに、アメリカの新聞で名を上げたいと考えたんだ。ああ、哀れなマニュエル！　そのカヴェは、あたかも自分が貴族の屋敷で職を得たかのように書いていて、その屋敷での人騒がせなできごとを描写し続けてるのさ。でもそれは、ぜんぶ作り話なんだ。マニュエルだけが、ピンク卿なる人物が実在してると信じてる。記事はフランス語に翻訳されて、フランスの新聞にも載った。マニュエルが最初に読んだのはそれだ。《サン》というその新聞は、一年前にマニュエルに、戦場で将校に仕える使用人の視点で記事を書くよう手紙で勧めて、ばかなあいつをたきつけさえした。ロンドンに連れてこられてからは、軍隊の動きを記録して暇をつぶそうとしてたらしい」

「救いようのない男ね！」エスターは言った。

「マニュエルをどうすればいいか、今は迷ってるんだ。ここまでの道すがら、あいつの記事の下書きをいくつか読んでみた。驚いたことに、ときどき拙い英語の間違いがあることを除けば、とてもうまく書けてる。ポルトガルの描写はすごく真に迫ってて、まるで戦場に戻ったような気がしたよ。クラージズ通りの地下室に、あいつを閉じこめたんだ。でも、マニュエルのことが片づいた今、なぜきみがあんなでたらめな嘘八百を信じたのかっていう疑問が残る」

「あなたの評判のせいよ」エスターは言って、顔を伏せた。「父が昔、そうやって女性をだまして、純潔を奪って破滅させたの。女性は父が既婚者だって知らなかったのよ」

「エスター、神に誓ってぼくは独身だし、きみのお父さんでもない。それにきみの評判だって、今ではいくらか傷ついてるよ」

「あなたみたいに恋愛の経験が豊富じゃないんだもの」エスターは言って、目をしばたたいて涙を抑えた。

ガイ卿が疲れたため息をついて、くるりと背を向け、海を眺めた。

「あなたを疑うべきじゃなかった」エスターは震え声で言った。「ずっと自分のことを理性的で分別があると思っていたわ。でも、すごく混乱してしまったの。社交界には、わたしの個人的な世界とはまったく違う道徳律があるんだもの」

ガイ卿が向き直った。「ぼくたちは時間をむだにしてる。行こう。司祭を連れてきた。司祭がしらふのうちに、結婚しなくてはならない」

「結婚？　わたしと結婚しなくてはならないと思うの？」

「そうだ」ガイ卿がぶっきらぼうに言った。エスターを腕に抱こうとはせず、目は暗くなっていく海と同じくらい冷たかった。

「それなら、あなたとは結婚しない」エスターは言った。「あなたは自由の身よ」

ガイ卿がポケットから拳銃を出して、エスターに向けた。

「きみはぼくと結婚するんだ、ほかの誰とでもなくね、エスター。だから、借りた屋敷に向かってできるだけ急いで歩き出せ」

エスターは神経質な笑い声をあげた。「お言葉ですけど、あなたはいつも銃で脅して結婚を強要するんですの？」

「冗談を言う気分にはなれない」ガイ卿が冷たく言った。「歩くんだ」

そういうわけでエスターは、かき乱された惨めな心を抱えて歩いた。ガイ卿を見てわき上がった最初の希望と高揚は消えていった。ガイ卿は不品行な生活を送ってきたかもしれないが、ブランメル氏と同じく社交界の一員だ。エスターがつまずいても、社交界の奇妙に入り組んだ道をたやすく優雅に進んでいた。未婚の貴婦人であるエスターとふたりきりで過ごし、公の場でキスをしてしまった。だから、結婚しなければならないと考えている。

ガイ卿は横に並んでエスターの腕をしっかりつかみ、一度だけ口を開いて、ポケットに拳銃があることを思い出させた。

「どうしてエスターは、あんなに青い顔で悲しそうなの？」エイミーがフィップス嬢にささやいた。

「花嫁の憂鬱ですよ」フィップス嬢が答えた。「女性はみんな、結婚式ではあんなふうになるんです」

エイミーは安心して、用意された小さな花束をつかみ、〝祭壇〟前のエスターの後ろにつく準備をした。祭壇は、応接室の端に設置され赤いビロードで覆われた書き物机だった。司祭のエイブラハム・パスコーム師は、抑えた怒りを抱えているように見え、実際にそうだった。人生でこれほどしらふなのは初めてに思えた。ロジャー氏もガイ卿もコーヒーより強いものは何も飲ませてくれず、式が終わったら好きなだけ飲んでいいからと言った。司祭が結婚式のあいだじゅう物憂げにだらだらと話し続けていると、ようやく使用人たちが結婚式の晩餐《ばんさん》を準備している玄関広間の向こうの食堂から、コルクを抜く楽しげな音が聞こえてきた。パスコーム師はあからさまに顔を輝かせ、無作法なほどあわただしく早口で残りの手順を進めた。

エスターはすっかり当惑した惨めな気分だったので、考えられるのは、軍人の手際よさとフィップス嬢の才能の組み合わせには利点がたくさんあるということだけだった。あの人たちはいったいどうやってこんなに短時間のうちに、エスターのブーケだけでなく、エイミー用の小さな花束や、巨大な花瓶いっぱいの花を手配できたのだろう？　エスターは返答を求められるたびに何度もつかえ、司祭が「ほら、さっさとしなさい、早く！」とつぶやいたような気がしたときには、言葉に詰まって眉をつり上げた。

エスターとガイ卿が夫婦になったことが宣言されるとすぐさま、玄関広間につながる両開き戸があけ放たれ、ロジャー氏が魔法のごとく見つけて近くのホテルから引っぱってきた小さな楽団が、結婚行進曲を演奏し始めた。

晩餐会では、ロジャー氏が花嫁と花婿《はなむこ》の健康を祝して乾杯した。ワインでいい気分になった司祭は立ち上がり、驚くほど丁重で機知に富んだ祝辞を述べた。頭がさえる程度に酔っていたが、まだ泣きじょうごになるほどではない段階にあったからだ。ガイ卿は、魅力的な挨拶をした。自分は世界一幸せな男だと思う、と言って、思案ありげに花嫁を見下ろす。まるで棺《ひつぎ》の大きさを測るかのように。

ワインに不慣れなエスターは、大量に飲んだ。最初それはうまく効いて気分が高揚し、ガイ卿は心から愛してくれていて、負うべきと考える義務を果たしただけではないという自信がわいてきた。

しかし晩餐が終わりに近づき、疲れた弟妹が上階の子ども部屋に連れていかれると、酔いがさめてきた。そしてひどく怖くなってきた。

とうとう、夫とともに上階の寝室へ行く時間になった。フィップス嬢が少し泣いて、愛情をこめてエスターにキスした。ロジャー氏もキスしてから、パスコーム師を押さえつけた。司祭は好色そうに目をぎらつかせて、エスターに迫ろうとしていた。

ガイ卿が腕を差し出して、エスターを応接室の外へ導いた。

ふたりは玄関広間で立ち止まって、向かい合った。エスターは、白い絹のペティコートと、銀の留め金で留めた銀色のレースのオーバードレスを着ていた。赤い巻き毛には、ダイヤモンドのティアラが輝いていた。フィップス嬢に、結婚式に関しては、ダイヤモンドは〝仰々しすぎ〟はしないと教わったからだ。〈オールマックス〉へのデビューで着るために選んであったドレスだった。もう〈オールマックス〉のなかを見ることは永遠にないだろう、と的外れなことを考える。

エスターは勇気を出して、ガイ卿を見上げた。「あなたはもう義務を果たしましたわね。お休みなさい」

ガイ卿が口もとによこしまな笑みを浮かべた。「ぼくの大切な愛しい人」からかうように言う。「ぼくはまだ、義務を果たし始めてもいないよ」

エスターをさっと腕に抱き上げ、運んでいく。まるで身長百八十センチの女性ではなく、妹のエイミーであるかのように軽々と。

「抵抗するな」ガイ卿が、階段の上へエスターを運びながら言った。「まだきみを撃ち殺す用意はあるぞ」

「自分の寝室がどこかわからない」エスターは訴えた。「忘れてしまったわ」

「きみはぼくの部屋で寝るんだ」ガイ卿が扉を蹴りあけて、広々とした寝室にエスターを運びこみ、ベッドに放った。きらめくティアラが頭から外れ、かちゃんと床に落ちた。

「ガイ……お願い」ガイ卿が服を脱ぎ始めると、エスターは懇願した。

「エスター、ぼくはまだきみにひどく怒ってるんだ。これ以上怒らせないでくれ、頼む」

ガイ卿が服に続いて下着を脱ぎ始めると、エスターは両手で目を覆った。ガイ卿がベッドに体をのせると、きしむ音がした。エスターの両手をさっと下ろして、かがみこむ。部屋は暗く、ただひとつの明かりである暖炉の炎が、引き締まった筋肉質の裸体に赤い輝きを投げかけていた。

「次はきみだ」ガイ卿が言って、ドレスの留め金に手を伸ばした。

「こんなのはいや」エスターは惨めな気持ちで言った。「こんなのはいやよ。まるでわたしを罰するみたいに、ことを進めるなんて」

ガイ卿がふっと笑った。「ああ、愛しい人、きみがぼくをどれほど怒らせるか、気づいてないのかい？　その大きなおびえた目で見られるのがいやなんだ。ほら、抱き締めさせてくれ。だいじょうぶ。何もかもだいじょうぶだよ」

ゆっくり撫でつけるようにキスし始める。経験の浅いエスターは、ガイ卿がどれほど自分の感情を強く抑えていたかに気づかなかった。ガイ卿は反応が感じられるようになるまでキスをした。裸の全身できつくエスターを抱き締め、肌に食いこむ銀の留め金の不快さに耐えた。ようやく、エスターの体がしなやかになり、愛撫に応じるのが感じられた。エスターはあとになっても、ガイ卿がどうやって気づかないうちに服をすべて脱がせたのかまったくわからなかった。それから、耳にささやく声がした。

「少し痛いかもしれない。しっかりぼくを抱き締めて、ぼくが命よりきみを愛してることを憶えていてくれ」

このすばらしい愛の告白のおかげで、エスターは痛みと純潔を失うことへの戸惑いを乗り越えられた。二度めに抱かれたときには、夫の腕のなかでとろけて情熱を燃やし、やっと、燃え上がる別の方法があるという言葉の意味を知った。三度めに抱かれたときには、肉体的にも精神的にも、相手と自分がどこで始まりどこで終わるのかわからなくなっていた。

ようやく、けだるいキスと制約のない愛撫を交えた怠惰《たいだ》な長い朝を過ごしながら、エスターは穏やかな声できいた。「これからどうするの？　ブライトンにとどまる？」

「二、三日はね」ガイ卿が答えた。「ヨークシャーに行って、ぼくの両親の屋敷に泊まって、ピーターとエイミーのことを決めよう。家族の礼拝堂で、一族のみんなに祝福してもらう」

「でも、クラージズ通りの屋敷は？　どうするつもり？」

「心配しなくていい」ガイ卿が言った。「一シーズン分の家賃を前払いした。あそこの使用人たちはすごく自立してるから、ぼくがいなくてもうまくやるだろう」

「マニュエルは？」

ガイ卿が笑い始めた。「マニュエルをどうするつもりかわかるかい？　あの大望をいだく小さな物書きには、ポルトガルの戦場に戻れるだけの金を送ってやるつもりさ。

愚かな行為を罰してやってもいいんだが、もうそういう気にはなれない」

「レインバードは、まだわたしの申し出に返事をしていないわ」

「あいつはほかの者たちを置いてはいかないさ。知ってるかい、ぼくはあの男に嫉妬し始めてたんだよ。いつだってレインバードがこう言った、レインバードがああ言った、みたいな感じだったからね。でも、子どもたちのパーティーっていうみごとな案については、あの男に借りがあるな。ぼくがきみを救い出すという名案をあいつが思いつかなければ、きみを腕に抱いてキスすることは永遠にできなかっただろうからね……こんなふうに……そしてこんなふうに……」

「それって」エスターは口が利けるようになると言った。「パーティーそのものが策略だったってことなの？」

しかしガイ卿は答えなかった。代わりに唇でエスターの胸に触れた。クラージズ通り、レインバード、リジー、そのほかすべてが、温かで心地よい暗闇のなかへ渦を巻いて遠ざかり、放蕩者と改革家《リフォーマー》はふたたび、互いを慈しみ始めた。

11

書くことへの飽くなき渇望。

——ウィリアム・ギフォード

レインバードは、バークリースクエアを訪れてふたたび無駄足を踏んだあと、クラージズ通りに戻ってきた。レインバードに嫉妬と疑念をいだいている執事のグレーヴズは、女主人の消息を何も教えてくれず、今回の訪問では門前払いを食わせた。

ガイ卿が開いてくれるはずだった、たんまり儲かる華やかなパーティーはどこへ行ってしまったのだろう？　レインバードは胸につぶやいた。一回の淫らなお祭り騒ぎを、ロンドン社交界の行事とはとても呼べない。

グレーヴズに身のほどを思い知らせるだけのために、ジョーンズ嬢の申し出を受けたい誘惑に駆られた。しかし公平になろうと努め、もしほかの執事がクラージズ通りでの地位を奪おうとしたら、自分だって邪険に扱うだろうと思い直した。

使用人部屋に着くと、ジョゼフが出迎えた。

「ご主人さまからお手紙が来たみたいです」ジョゼフが言った。「朝の郵便で着きました」

「下は妙に静かだな」レインバードは言って、床をちらりと見下ろした。マニュエルは、閉じこめられていたこの一週間、叫んだりわめいたりし続けていた。レインバードは手紙の封をあけた。

内容を読みながら、がっくりした顔つきになる。ほかの者たちがまわりに集まった。レインバードは重い気持ちで言った。「ご主人さまは、ジョーンズ嬢とブライトンで結婚された。しかし」と続ける。「ロンドンには戻らない。シーズン終了までと、わたしたちのうちふたりがマニュエルを港まで連れていって船に乗せる分の賃金の小切手をくださった。あの哀れな男は、執筆を続けるためにポルトガルへ送り返してもらえるらしい。いい物書きになれるといいな。だめな使用人だってことは証明されたんだから」

「とってもいい知らせです、レインバードさん」密かにマニュエルに同情していたリジーは言った。「それに、お給料をくださるなんて、とっても気前がいいわ。もしかするとパーマーさんが、別の借り手を見つけてくれるかもしれないし。シーズンは始まったばかりですもの」

「わたしはパーティーを期待していたんだよ」レインバードは言った。「シーズン中、たんまり心付けがもらえるからね。まあ、でも確かに、この屋敷の不運は終わったようだ。最近は殺された人も、破滅した人もいない。レディ・ガイからの手紙もあるよ。ええと……もし今からでもわたしが奥さまのもとで働くつもりがあるのなら、手紙を書いてほしい……ヨークシャーのクラムワース侯爵邸までの道順を教えてくれるそうだ」

「あたしたちを置いてく気なんてなかったですよね？」リジーは動揺して叫んだ。

「もちろんだ」レインバードはむっとして言った。「でも、おまえは置いていく気だったろう」

「それは話が別です」リジーはうつむいて言った。「あのときは、自分でも何をしてるのか、ちゃんとわかってなかったんです」

「ほかになんて書いてるの？」デイヴがきいた。

「何もかもについてわたしに感謝している、ただひとつの後悔は自分の評判をだいなしにしたことだ、とある。でも、ご主人さまのおかげで名誉は保たれたんだよ」

ガイ卿はロンドンからブライトンに発つ前に、レインバードに短い手紙を渡し、写しを取ってあらゆる新聞社に届けるよう命じていた。そこには、エスターがシャーロットを救った勇敢な物語が書かれていた。新聞社は、暴徒が鎮圧された今、何か晴れ晴れするような記事を求めていたので、それを掲載した。続いて本屋の陳列窓には、イギリスの女神ブリタニア像に見立てられたエスターがシャーロットを抱きかかえ、退廃的な社交界の非道をいさめる姿を描いた色刷りの版画が並べられた。

「マニュエルに何か食べ物を持っていってやらないとな」アンガスが言った。「いい知らせを伝えてやろうか？　ポルトガルに行けるって」

「いっしょに行こう」レインバードは言った。「マニュエルは異常なほど静かだ。もしかすると地下室の扉の後ろで待ち構えていて、襲いかかってくるかもしれない。今でも、あいつを縛ったほうがよかったんじゃないかと思うよ、アンガス」

「あいつなんか、わたしの相手にもなりゃしないさ」料理人が言った。

アンガスは、薄切りの牛肉とパンとピクルスを盛った皿と、小さなジョッキ一杯のビールをトレーにのせた。レインバードは手紙を下に置いて、ろうそくをともし、料理人に続いて地下室の階段のてっぺんに立った。

「本当に、ひどく静かだ」レインバードは不安になって言った。「わたしに先に行かせてくれ、アンガス」

地下室の階段を下り、立ち止まってしばらく耳を澄ませる。それから、扉のそばの床にろうそくを置き、錠をあけてさっと扉を開いた。

静寂。

「マニュエル」レインバードは呼んだ。

「明かりで照らせ」アンガスが言った。

レインバードはろうそくを持ち上げて、地下室のなかを照らした。

マニュエルはテーブルの前に座り、頭をだらりとのけぞらせて目を閉じていた。

「なんたることだ」背後でアンガスがささやいた。「この男は死んでる」

ろうそくを持つレインバードの手が震え始めた。

「いまいましいこの屋敷のせいだ！」と叫ぶ。「呪われている。死だ、死と暴力ばかりだ！　屋敷はわたしたちをここに引き留める気だよ、アンガス。わたしたちが朽ち果てるまでここに引き留める気だ」

悲哀に満ちたか細い声が言った。「死んでないよ。死んだほうがましだけど」

「マニュエル！」レインバードは安堵で泣きそうになりながら叫んだ。「おまえは自由の身だ。いい知らせがあるよ。上階《うえ》に来なさい」

レインバードとアンガスはマニュエルを地下の牢獄から出し、全員が集まっている使用人部屋へ導いた。

レインバードはマニュエルをテーブルに着かせてから、ガイ卿が手紙に同封していた手帳、新聞の切り抜きや手紙を返した。

それからゆっくりていねいに、主人が送金してくれたので、執筆を続けるためにポルトガルへ戻れることを話した。

マニュエルが、ぼんやりと周囲を見回した。「ぼく、自由になったのか？」

「そうだ」アンガスがぶっきらぼうに言った。マニュエルが生きているのを知ったときの安堵を、あっという間に忘れつつあった。

マニュエルの黒い目が輝き出した。「きっと、ぼくがいい物書きだってご主人さまが認めてくれたからなんだ。ほら！　読んでやるよ」

ポルトガルでの生活の記録を、声に出して読み始める。アンガスがマニュエルの英語を手きびしく直し始めたが、従者が怒らずにただきちんと耳を傾けて修正を書き留めたので、料理人は徐々に熱中していった。マニュエルの横に椅子を引き寄せ、興味をこめて聞き入る。

「なるほど」マニュエルが読み終えると、アンガスは赤い髪をぽりぽりかきながら言った。「なかなかうまい言い回しをするじゃないか。でもだからって、おまえについてのわたしの意見は変わらんぞ。今でも気に食わんやつだと思ってる。ナイフを振り回したり、あの手帳にわたしたちの悪口をなんだかんだと書いたりして」

マニュエルが両手を広げた。「ああいうことを書いたのは、あんたたちがぼくを疑ってて、部屋を探るかもしれないとわかってたからなんだ。ずっと、楽な暮らしじゃなかった。兵舎にいたほかのイギリス人の使用人たち、あいつらはみんなぼくにつらく当たった。それで、イギリス人の使用人が大嫌いになったんだ。でも、今は違う。許してくれるかい？」

ほかの使用人たちは疑わしげに視線を交わしたが、リジーはマニュエルの手記を楽しんだし、この従者が解放されたことにほっとしていた。「ええ、いいわ」と答える。「あなた、フランス人なのかしら。フランス人じゃないなら、前に何かで聞いたスペインのダンスを、ちょっと見せてもらえたらいいな」

「ダンスなら知ってるよ」マニュエルが叫んで、ぱっと立ち上がった。「ほら、見せてやるよ。カスタネットがないけど、もしかしてスプーンが二本あれば……」

ジョゼフがマンドリンを取ってきて、アンガスがスプーンを二本出した。「うまく弾けるかどうか、わからないけど」ジョゼフが慎重に言って、冒頭の和音をつま弾いた。

すぐにマニュエルが軽やかに跳ね踊って、スプーンをカスタネットのように打ち鳴らした。

「次は女性のパートだ」マニュエルが言って、アリスの手を取った。「レースのマンティーラをかぶんなきゃだめだよ」

ジェニーが笑いながら裁縫道具入れをあけてレースのカーテンを出し、アリスの金色の髪に留めた。

アリスがマニュエルの教えに素直に従いながら、いつものゆっくりした動きでダンスのステップを踏むと、みんなが笑って拍手喝采した。

レインバードは不意に物悲しい気持ちになり、ひとりになるため部屋を抜け出して階段をのぼった。

ここは本当に、不運な屋敷なのだろうか？　シーズンは始まったばかりなのに、借り手はいない。しかし賃金は支払われたし、それは感謝すべきことだ……。地階からケラケラという甲高い笑い声がした。マニュエルだ。そう、ようやくマニュエルの笑い声が聞けたのは、ひとつの奇跡に違いない。奇跡は確かに起こった。ここ二、三年は、思いも寄らないたくさんの幸運に恵まれた。もうじきわたしたちは自由になり、もうじきわたしたちは使用人ではなく主人になれる。必要なのは、あと少しの時間と、あと少しの幸運だけだ。

また明るい気持ちになってきたレインバードは、パーティーに加わるために階段を下りていった。

訳者あとがき

ロンドンの高級住宅街メイフェアに、ふたたび春が巡ってきました。クラージズ通り六七番地の使用人たちに再会できた喜びを噛みしめつつ、〈メイフェアの不運な屋敷〉シリーズ四作めをお届けします。前作『メイフェアのおかしな後見人　あるいは侯爵の結婚騒動』で大活躍し、借り手夫妻にたっぷりご褒美《ほうび》をもらった彼らは、どうやらこれまでになく平穏な冬を過ごしていたようです。住む人に不幸をもたらすと言われてきた屋敷の呪いも、解けかけているのでしょうか？

時は一八一〇年。ナポレオン戦争が泥沼化し、イギリス国内にも不安が広がり始めていたころです。けれども、というよりだからこそ、貴族社会はそのぜいたくさと華やかさをいっそう際立たせていました。六七番地にも、新たな借り手がやってきます。侯爵の次男、ガイ・カールトン卿。長いあいだポルトガルの戦場で戦ったあと帰国し、友人のロジャー氏とともに休暇を思いきり楽しむつもりでいます。使用人たちは、ガイ卿がシーズン中どしどしパーティーを開いてくれることを期待していました。訪問客がたくさんいれば、それだけ心付けがたっぷりもらえ、貯《た》まったお金でいずれ宿屋を買って独立するという夢に一歩近づくからです。

ところがこのガイ卿、とんでもない放蕩者《ほうとうもの》でした。初日から泥酔して到着し、家事係《ハウスメイド》のきれいなアリスに目をつけて、いきなりキスしたり、風呂で背中を流せと言ったり。さらには、屋敷に高級娼婦《しょうふ》の集団を招待して、淫らなどんちゃん騒ぎを起こす始末。使用人たちも、あいた口がふさがりません。

ところが、酔い心地でふらふらと入りこんだある屋敷で、ガイ卿は夢の女神と出会います。すらりと背が高く、赤い巻き毛と不思議な色の目をした美女の名は、エスター・ジョーンズ嬢。ガイ卿は、なんとかエスターと近づきになろうとして生活態度を改めますが、遊び人の父に苦しめられた過去から放蕩者が大嫌いになったヒロインには、まったく相手にされません。そこで相談相手に選んだのは、そう、頼りになる執事、レインバードでした。じつはエスターのほうも、あるきっかけでレインバードを知り、いろいろと相談に乗ってもらっていました。レインバードはふたりを結びつけようと奔走し、あるパーティーの計画を立てるのですが……。

前三作のヒーローに比べると今作のヒーローはかなり型破りで、最初はその放蕩ぶりに少しはらはらさせられます。でも、じつは繊細な心の持ち主で、羽目を外すのも、戦場のつらい記憶を紛らわせるためなのです。茶目っ気があって、子どもや動物に優しいうえに、使用人の意見をきちんと聞いて心を入れ替える素直さもあります。エスターも、なかなか個性的で複雑な魅力を持つヒロインです。美しく裕福でありながら、さえない服装をして信仰と倹約に励む日々を送り、心の奥に大きな情熱を秘めつつも、傷つくことを恐れて孤独な人生から踏み出せずにいるのです。

このふたりの両方から頼りにされるレインバードは、いつも以上に大活躍。的確だけれど踏みこみすぎない助言をし、主人の美点を引き立てる策を巡らし、ついには手品や曲芸の披露まで！　エスターがぜひ自分の屋敷で働いてもらいたいと考え、ガイ卿が思わず嫉妬しそうになるのも無理はないでしょう。

そしてこのシリーズ最大の魅力は、上階の華やかな世界だけでなく、地階のさまざまな人間模様が描かれているところ。まず最初に、突然レインバードを訪ねてくるあの女性には、読者も意表を突かれることでしょう。皿洗い係《スカラリーメイド》のリジーは、またもや気取り屋の従僕ジョゼフにひどく心を傷つけられて、ある切ない決断をします。大人の女性に成長していくリジーの今後が気になります。また、今回はガイ卿の従者、マニュエルという怪《あや》しげなキャラクターが登場。自称スペイン人のこの従者、ふいっと姿を消しては、公園で教練する軍隊をじっと眺めて黒い手帳に何やら書きこんでいるようですが、いったいその目的は？

決して長くない物語のなかにたくさんのエピソードを盛りこんで、すべてをすっきりまとめ上げる著者の手腕はさすがです。今年八十二歳になるM・C・ビートンは、二〇一六年秋に五十年以上も連れ添った夫を亡くしたそうですが、持ち前の前向きな心で悲しみを乗り越え、現在はまた精力的な執筆活動に戻っています。今年二月には本国で〈ヘイミッシュ・マクベス巡査〉シリーズの三十三作めが出版され、十月にはアガサ・レーズンが活躍するコージーミステリーシリーズの二十九作めが発表される予定です。アガサ・レーズンのシリーズはテレビドラマも人気で、現在シーズン2が制作されているとのこと。ビートン本人も、五月末にニューヨークで開催されるブック・エキスポに参加したりと、積極的なプロモーション活動を行っているようです。
さて、〈メイフェアの不運な屋敷〉シリーズも、いよいよ残り二作となりました。早く続きが読みたいような、いつまでも終わってほしくないような……？　いえいえ、このまま使用人たちを屋敷に縛りつけておくのはあまりにも不憫《ふびん》というもの。彼らがついに幸せをつかむ日を、みなさんといっしょに見届けたいと心から願っています。次回の借り手は、いわくありげな、一風変わったふたり組です。ちょっぴりミステリータッチの展開で、なつかしい（？）悪役の再登場もあります。どんなロマンスが花開くのか、使用人たちの関係はどうなっていくのか、ぜひ楽しみにしていてください。

二〇一八年五月　桐谷知未

メイフェアの不埒な紳士
あるいは夢見ぬ令嬢の結婚騒動
2018年6月18日　初版第一刷発行

著 ………………………………… M·C·ビートン
訳 ………………………………… 桐谷知未
カバーイラスト ………………… 丹地陽子
カバーデザイン ………… 坂野公一(welle design)
編集協力 ……………………… アトリエ・ロマンス

発行人 ……………………………… 後藤明信
発行所 ………………………… 株式会社竹書房
〒102-0072 東京都千代田区飯田橋2-7-3
電話：03-3264-1576(代表)
03-3234-6383(編集)
http://www.takeshobo.co.jp
印刷所 ……………………… 凸版印刷株式会社

定価はカバーに表示してあります。
乱丁・落丁の場合は当社までお問い合わせ下さい。
ISBN978-4-8019-1500-8 C0197
Printed in Japan